LES TROIS FRÈRES

3e SÉRIE P. IN-8e.

LES

TROIS FRÈRES

ÉPISODE INÉDIT

DE LA GUERRE DE L'INDÉPENDANCE

DE L'AMÉRIQUE

PAR WILLAM D'ARVILLE.

LIMOGES
EUGÈNE ARDANT ET Cie, ÉDITEURS.

INTRODUCTION HISTORIQUE.

Lorsque les colonies anglaises de l'Amérique se soulevèrent, ce ne fut pas contre la couronne d'Angleterre, mais contre le fisc, dont les exigences leur parurent intolérables, surtout au sujet du thé et du papier timbré. Les autorités de la métropole se montrèrent ce qu'elles se montrent partout quand elles croient avoir en main une force de compression suffisante; cette rigueur exalta les têtes, un simple refus d'impôts se changea en révolte, et les idées d'indépendance germèrent dans toutes les têtes.

Durant plus de quinze ans les Américains luttèrent, avec des succès divers, contre les forces de la Grande-Bretagne; peut-être eussent-ils succombé sans l'appui de la France, et, ce que l'on n'a point assez établi dans l'histoire, sans le concours des Canadiens exilés ou émigrés de leur patrie depuis qu'elle était tombée sous la domination anglaise. Dès l'établissement du congrès, l'état du Maine, presque tout composé de Français, fournit bon nombre de miliciens qui rendirent de grands services à la cause américaine, et nombre de partisans sortis du Canada, dont l'histoire de cette époque n'a pas conservé les noms.

C'est l'histoire d'une de ces familles canadiennes normandes que nous racontons dans le récit suivant. Un romancier, plus désireux de faire de l'effet par des situations émouvantes, eût certainement donné à ce récit une tournure plus dramatique que nous ne l'avons fait, mais le titre de narrateur historique nous a paru plus utile et plus digne de l'écrivain; c'est ce titre que nous réclamons.

Cet épisode est inédit, il nous est arrivé par tradition de famille, nous n'avons eu qu'à lier la succession des faits et à les développer, d'après connaissance de cause, quand ils se sont présentés trop arides. La grande figure de Washington et celle du marquis de La Fayette n'apparaissent que nécessairement : le premier est le patriote à la vertu antique, et le second l'homme enthousiaste de ce qui lui paraît grand et utile à la France, mais esprit plus aventureux que profond. Nous en avons parlé comme on nous les avait présentés sans nous porter juge de leur conduite.

LES TROIS FRÈRES.

CHAPITRE PREMIER.

La Fayette et le chef des miliciens du Maine. — Plan de ce dernier. — Il est appelé devant les membres du congrès. — Sa proposition. — Mission. — Les écorcheurs. — La ferme anglaise. — Bataille de Freehold. — Les deux frères blessés.

Après la bataille de Brandiwine, livrée par les Américains aux Anglais, dont ils secouaient le joug, La Fayette, qui était venu au secours des Américains avec une frégate équipée à ses frais, se trouvait en convalescence des blessures reçues à cette bataille, lorsqu'un homme de haute taille, portant l'uniforme des miliciens, lui fit demander une audience.

Introduit auprès du major-général des armées américaines, cet homme s'exprima ainsi :

« — Général, je suis Français d'origine, quoique né à » Québec, bas Canada. Mon père, mes frères et moi, après » la mort du vaillant et habile Montcalm et la prise de » Québec, avons soutenu, dans les forêts, les intérêts de la » métropole ; chassés de retraite en retraite, nous nous som» mes réfugiés dans le territoire de l'Ontario, où nous avons » fondé un établissement. L'Amérique a fait entendre le » cri de l'indépendance, nous avons renoncé à nos travaux » agricoles, à nos chasses, et sommes venus grossir l[a]

» nombre des miliciens : il y avait des Anglais à combattre; pour moi, pour mes frères et mes camarades canadiens chassés de notre patrie, vous représentez la France, et je viens vous proposer un plan de campagne qui rendrait, nous osons l'espérer, le Canada à la France. Voulez-vous que je vous l'expose, et, si vous l'adoptez, me promettez-vous d'employer tout votre crédit auprès de la cour de France pour qu'elle nous envoie les secours qui nous sont nécessaires? Regardez-moi, général, je ne suis point un jeune homme, j'ai mûri dans les luttes, et le plan que je vous propose a été formé, examiné depuis bien des années par mon père, ancien citoyen de Québec, et par un autre homme dont la capacité est incontestable. »

Il avait parlé debout, d'un ton modeste mais assuré; La Fayette considérait cet homme aux formes athlétiques, à la figure mâle et énergique, mais surtout il écoutait cette voix grave et ferme, et tardait à répondre; le Canadien reprit après un instant de silence :

« Je sais, général, que vous ne disposez pas de grandes forces, et que vous ne pouvez pas distraire une seule compagnie de l'armée confédérée; aussi mon plan ne demande pas une exécution présente; examinez-le (il lui remit un rouleau de papier), promettez-moi votre concours, et dans un an tout sera prêt pour son exécution. »

Le major-général, cédant à une espèce d'entraînement, lui tendit la main et l'engagea à s'asseoir.

— Tout Français est mon compatriote, lui dit-il en s'inclinant, et je serai toujours honoré de le dire à un homme qui aime la France et qui a combattu pour elle.

Il déroula le papier et le parcourut d'abord rapidement, mais bientôt son visage exprima la plus entière attention. Quand il en eut achevé la lecture, il roula le papier et dit :

— Me permettez-vous de garder ce plan?

— Général, il a été dressé pour vous être remis, mais à vous seul.

La Fayette était tombé dans la rêverie, et sa tête s'inclina ; il la redressa tout à-coup, et demanda au Canadien quel grade il avait dans l'armée.

— Dans l'armée américaine, je n'ai pas de grade, je commande une troupe de volontaires composée en partie de Français canadiens, et en partie d'hommes des territoires du Maine. Nous avons chargé, les premiers, à la bataille de Brandiwine, la gauche de l'armée anglaise.

— Ah ! dit La Fayette en se dressant subitement, c'est vous, c'est votre troupe qui vous êtes si vigoureusement comportés. Vous vous nommez Montaubert ?

— C'est mon nom, général.

— Je vous viendrai en aide, brave Montaubert, je vous le promets, foi de Français, si le plan proposé me parait exécutable. Je vous demande quelques jours pour l'examiner avec maturité.

Robert, tel était le nom de baptême du Canadien, s'inclina et allait se retirer quand le marquis de La Fayette l'arrêta et lui demanda dans quelle position du campement il pourrait l'envoyer chercher, après qu'il aurait examiné le plan proposé.

— Général, aux avant-postes, ferme de Ox-House.

Le major-général le suivit du regard et fut frappé de la démarche ferme et fière de ce soldat de l'indépendance américaine. Il le vit aborder un groupe de quelques miliciens qui se tenaient auprès d'une tente, et remarqua la tenue de ces hommes et surtout la longueur de leurs carabines.

— Ces miliciens sont connus dans l'armée ? demanda-t-il au planton, qui se promenait devant sa tente.

— Oui, mon général, répondit celui-ci, et encore mieux des Anglais : ce sont les miliciens du Maine qui éventent toutes leurs marches et embuscades, et qui détruisent presque tous leurs avant-postes.

Le marquis de La Fayette avait, comme Montcalm, une

qualité qui le rendait cher aux soldats; il était familier avec dignité, et veillait à leur bien être.

— La troupe qu'il commande est-elle nombreuse, mon ami?

— Ah! général, c'est ce que je ne saurais vous dire, mais je puis affirmer que quand elle serait de six cents hommes, elle ne ferait pas plus de besogne. On l'a souvent vue, dans l'intervalle d'une heure, tomber sur des postes ennemis, assez distants les uns des autres. Au reste, mon général, tous ces hommes sont Français, ajouta-t-il en présentant les armes.

Le rusé Yankee savait qu'il flattait l'amour-propre du major-général et profitait de l'occasion.

On sait que l'arrivée de La Fayette avait été saluée avec un enthousiasme général et par le congrès et par l'armée.

C'est qu'il arrivait à une époque où les Américains, même les esprits les plus fermes du congrès, commençaient à désespérer du succès de leur entreprise. L'apparition du Français releva les énergies; on crut que la France était derrière lui.

Cependant La Fayette s'était lancé dans cette entreprise sans l'assentiment de la France, malgré les efforts de la diplomatie anglaise et même malgré les conseils de Franklin. Jeune, d'un esprit aventureux et chevaleresque, il avait obéi à sa nature et peut-être l'Amérique lui dut-elle son indépendance. L'entrevue du Canadien lui avait rappelé que le Canada appartenait à la France, qu'il était peuplé en majorité de Français, que Montcalm s'y était couvert de gloire, que cent autres officiers français y avaient accompli des faits héroïques, presque incroyables. Montaubert avait touché la corde sensible; il adoptait déjà son projet, mais les circonstances étaient impérieuses, et l'Amérique était anglaise encore, car des troupes nombreuses et bien aguerries de la Grande-Bretagne occupaient les villes, les ports et les lieux les mieux fortifiés, et formaient une ceinture de fer dans laquelle se débattait la petite armée du congrès, presque sans discipline, sans provisions militaires, et n'ayant qu'un petit nombre de chefs expérimentés. Le terrible Cornwallis dirigeait, de York-Town, les mouvements de l'armée anglaise, qui recevait chaque jour de nouveaux renforts. Cependant La Fayette portait déjà ses vues en avant, et comme si, par intuition, il eût entrevu le résultat de la lutte engagée entre l'Angleterre et ses colonies révoltées, il songeait déjà à mettre son épée au service de sa patrie, à marcher sur les traces du vaillant Montcalm, et à restituer à la France une belle et immense contrée qui lui avait été ravie contrairement aux droits des nations.

Il était plongé dans ces préoccupations d'esprit quand un aide de camp de Washington vint, de la part de ce général, le prier de se rendre au conseil. On avait reçu la nouvelle que les forces anglaises se mettaient en mouvement, qu'elles étaient considérables et dirigées par des colons attachés à l'Angleterre, c'est-à-dire connaissant le pays.

De tous côtés les nouvelles arrivaient annonçant les mouvements en avant des Anglais. La Fayette demanda qu'un fort parti de miliciens fût envoyé pour éclairer la marche de l'ennemi. Il proposa d'en charger le Canadien Montaubert. Cette proposition fut acceptée à l'unanimité, Montaubert était connu pour son courage et surtout pour son habileté à diriger les expéditions de partisans. Il fut mandé au quartier-général, et Lafayette le reçut.

— Capitaine, lui dit-il, car le congrès vous donne ce grade, l'ennemi s'avance; il faut reconnaître sa marche, et vous êtes désigné pour cette expédition.

Robert sourit et répondit :

— Je sais que l'ennemi se trouve à vingt-cinq milles sud de Philadelphie : il est en force, mais on peut neutraliser sa supériorité.

— Venez, dit La Fayette, et exposez vos vues au congrès.

Robert Montaubert parut devant les membres du congrès, sans montrer cette timidité qu'inspirent presque toujours les grandes réunions d'hommes aux gens timides. .. attendit qu'on lui demandât son avis.

Il y avait véritablement dans cet homme ce je ne sais quoi qui commande l'estime et le respect; les membres du conseil éprouvèrent ces deux sentiments. Invité à parler, Robert s'exprima ainsi :

« Selon toute apparence, la rencontre avec l'ennemi doit avoir lieu demain, dans le cours de la journée; ses forces sont supérieures aux vôtres : en marchant vers Freehold, vous dérangerez son plan, vous le forcerez à changer de route, à traverser des contrées difficiles, et l'Anglais veut avoir ses aises, même en marchant à l'ennemi. Prenez vos mesures pour que votre changement de marche ne soit pas connu : votre camp est plein d'espions anglais, dissimulez votre direction et tombez sur lui à l'improviste; si chacun fait son devoir, la victoire est à vous. »

— Brave Montaubert, dit La Fayette, il nous faut des éclaireurs aussi intelligents que déterminés; nous ne pouvons dissimuler notre marche à l'ennemi qu'en l'occupant ailleurs. Le congrès vous charge d'opérer cette distraction; combien demandez-vous de miliciens?

Après un instant de réflexion, Robert répondit :

— Faites arrêter tous les hommes vivandiers et autres qui circulent dans le camp; dirigez-les vers Philadelphie, et partez au commencement de la nuit.

L'Anglais, informé par ses espions, prendra cette direction, vous l'attendrez à Freehold, dans des positions avantageuses, et si tout le monde fait son devoir il sera vaincu, je le répète.

— Mais qui nous éclairera sur sa marche? demanda un membre du conseil.

Robert leva la tête et répondit froidement :

— Moi.

Une heure après, les précautions indiquées par Montaubert étaient prises, et cette foule de gens qui suit toujours les corps armés en campagne, prenait la route encore libre de Philadelphie, bien persuadée que l'armée allait suivre cette direction.

L'Angleterre conservait encore dans le pays un assez grand nombre de partisans parmi les grands possesseurs de terre : c'est par eux que les généraux anglais pouvaient être informés des mouvements des révoltés, c'est le nom que l'on donnait aux Américains. Le stratagème de Montaubert eut un plein succès : l'armée anglaise, croyant que les ennemis battaient en retraite, qu'ils se retiraient dans les contrées difficiles de la Pensylvanie, changea de route et se crut en pleine poursuite d'un ennemi effrayé.

Cependant, à la tête de sa troupe de partisans, Robert et ses frères étaient arrivés à peu de distance des gardes avancées de l'ennemi, et les avaient reconnues. Les mouvements de l'ennemi ne leur échappèrent point, et quand il le virent prendre la direction de Freehold, ils songèrent à les inquiéter, en fuyant toujours vers cette direction. Robert battait toujours en retraite, mais vers l'est, afin de dérouter l'ennemi.

A l'époque des guerres que l'on peut qualifier de guerres civiles, il y a toujours des gens sans patrie, sans autre but que le pillage, qui flanquent les corps armés réguliers; la guerre d'Amérique eut ses pillards, connus sous le nom d'écorcheurs. Montaubert avec les siens se trouvait, vers le soir, dans le voisinage d'une ferme considérable ayant maison de maître : ce ne fut pas là qu'il alla demander un gîte pour la nuit : il agissait à couvert; mais il se plaça dans le voisinage, chez de pauvres gens qui lui avaient été désignés comme dévoués à la cause américaine. Ses sentinelles étaient placées, après avoir reconnu les lieux, et il se disposait au repos quand un rapport vint exciter son attention.

Des hommes, ne portant ni l'uniforme anglais ni celui des milices américaines, rôdaient en assez grand nombre aux alentours de la ferme. La sentinelle pensait que c'était une bande des pillards dits écorcheurs. Cette ferme était habitée par une riche famille dévouée à l'Angleterre, mais elle n'avait, en aucune circonstance, montré rien d'hostile au mouvement américain : sa pensée pouvait être anglaise, mais rien n'eût justifié un acte enchaînant sa liberté ou pesant sur elle de quelque manière que ce fût. Cette famille avait donc vécu paisible jusqu'alors.

Robert fit prendre les armes à sa troupe et se rapprocha de la ferme pour observer ce qui allait s'y passer.

La ferme se trouvait adossée à la pente orientale d'une colline, au-dessus de vastes prairies, et entourée de jardins. Un petit bois la protégeait des vents du nord, et s'étendait jusqu'au point où cessaient les prairies. Les écorcheurs s'étaient retirés dans ce bois. Il pouvait être neuf heures de la nuit lorsque Robert, avec ses hommes qui se repliaient sans bruit aux alentours, cernèrent le bois. Du côté du nord, on voyait la flamme d'un feu qui était dissimulée du côté de la ferme par les couvertures tendues au moyen de pieux. Autour de ce feu, une dizaine d'hommes mal vêtus, mais armés jusqu'aux dents, dévoraient des viandes grillées et vidaient des gourdes étendues autour d'eux. Robert s'était placé de manière à pouvoir observer tous leurs mouvements; un instant après, plusieurs autres hommes arrivèrent; tous se réunirent autour d'eux, et il y eut une espèce de conseil à voix basse.

Les nouveaux-venus allèrent s'accroupir auprès du feu, prirent aussi des aliments, mais à la hâte; enfin un homme survint, tous se levèrent et le suivirent. Robert se mit sur leurs traces, ne laissant entre eux et lui qu'un espace suffisant pour ne pas être découvert. Il les vit escalader les murs du jardin, en s'aidant les uns les autres, puis ils disparurent sous les ombres des arbres qui formaient allées et s'étendaient jusqu'à la cour des bâtiments.

Cette cour se trouvait fermée de murs, une large porte à claire-voie y servait d'entrée; elle était close.

A l'instant où les écorcheurs allaient la forcer, la troupe de Robert les environna de tous côtés. Les pillards manquent ordinairement de courage; ceux-ci en eussent-ils eu, que toute résistance devenait inutile; ils le sentirent si bien qu'ils eurent recours à un grossier mensonge. Lorsque Montaubert eut commandé d'une voix impérieuse de mettre bas les armes, on entendit aussitôt le retentissement des fusils sur les pavés de la cour, et un chef, probablement, s'avança vers Robert et demanda pourquoi on les traitait en ennemis.

— Nous sommes pour l'Amérique, dit-il en reconnaissant l'uniforme des miliciens, et cette maison nous a été désignée comme servant de retraite à un parti anglais.

— C'est ce que nous allons savoir, dit Robert, et aussi à quel titre vous servez l'Amérique.

Ce débat de paroles et le retentissement des fusils avaient éveillé les gens de la maison, et déjà on apercevait des lumières et on entendait le bruit de gens en émoi.

— Qui êtes-vous? demanda une voix forte, du haut d'une fenêtre.

— Soldats du congrès, répondit Robert. Ouvrez, ou nous forçons la porte.

La lumière s'éloigna et peu après la porte s'ouvrit, et un homme déjà âgé se présenta une lampe à la main; il paraissait fort effrayé.

Montaubert fut frappé de sa bonne mine, malgré les indices de frayeur que cet homme ne pouvait dissimuler.

— On allait, lui dit-il, faire chez vous une visite domiciliaire lorsque nous sommes arrivés; d'après la déclaration de cet homme (il indiquait le chef des écorcheurs) cette visite devient nécessaire. Je vous laisse le choix de la laisser faire par ses gens ou par ma troupe.

Le propriétaire, après avoir jeté les yeux sur le bandit, se hâta de dire :

— Capitaine, je vous prie de la faire vous-même; et il s'écarta pour le laisser entrer.

— Avant tout, dit Robert, faites-nous apporter des lumières, il faut que je commence par une autre inspection. Dès que plusieurs serviteurs furent arrivés avec des torches, Montaubert fit approcher les pillards : sa troupe les entourait entièrement; alors il s'adressa à celui qu'il croyait être leur chef, et lui demanda quel était son titre dans l'armée du congrès.

— Volontaire, répondit-il effrontément.

— Capitaine! capitaine! s'écria un des serviteurs, cet homme ment; c'est un des chefs des écorcheurs qui désolent cette contrée, tantôt au nom du congrès, tantôt au nom de l'Angleterre; je le reconnais parfaitement.

— Camarades, dit Montaubert à ses hommes, voilà des prisonniers, faites-en bonne garde; puis se tournant vers le propriétaire que la crainte tenait muet, il lui dit :

— Il faut que ces gens passent la nuit chez vous; où pourrai-je les mettre en sûreté?

Un bâtiment situé sur la gauche de la cour fut indiqué; c'était une espèce de grange, les écorcheurs y furent enfermés et des sentinelles placées à l'entour.

Les habitants de la ferme se hâtèrent d'apporter des rafraîchissements aux miliciens, dont la conduite du chef les rassurait, et le maître de la maison l'invita à passer dans un parloir où il lui fit servir des aliments.

— Capitaine, lui dit-il, vous avez préservé mon habitation du pillage et peut-être de pis, car ce sont des brigands sans humanité; que ferai-je pour vous en témoigner ma reconnaissance?

Montaubert le regarda avec étonnement.

— Nous ne sommes pas des gens payés pour agir en hommes, lui répondit-il. Tout habitant paisible a droit à la protection des soldats du congrès; si ces individus sont des pillards, ils seront punis comme tels, et j'aurai fait mon devoir. Est-il vrai que vous ayez chez vous des gens ennemis de la cause de l'Amérique?

Cette question parut troubler le propriétaire; cependant il se remit aussitôt et répondit :

— Je suis Anglais, j'habite les colonies depuis mon enfance : il est naturel que je sois disposé pour mes compatriotes; mais, en aucune manière, je ne me trouve mêlé à la lutte qui existe entre les deux partis; parcourez mon habitation, fouillez-la de haut en bas, vous n'y trouverez rien qui puisse me compromettre.

— Il faut que je le fasse, dit Montaubert; ce misérable chef de pillards a cherché à justifier l'attaque tentée contre votre ferme, en m'assurant qu'elle servait de refuge aux ennemis de l'Amérique, il répètera cette excuse devant le conseil de guerre qui le jugera; ma responsabilité doit être à couvert.

Cette visite se fit avec toute la délicatesse qu'exigeait une pareille mesure dans une habitation où se trouvaient des femmes et des enfants; elle n'eut aucun résultat.

Le lendemain les écorcheurs furent conduits sous bonne escorte à quelques milles de distance, où se trouvait un fort parti américain. Le capitaine Robert ne se doutait pas du service qu'il rendait à sa cause. Les écorcheurs furent condamnés à être passés par les armes; c'est alors que, pour sauver sa misérable vie, le chef des bandits donna sur le nombre et la position des troupes anglaises des renseignements si précis que les généreux américains purent les surprendre et obtenir les résultats les plus avantageux par la victoire de Freehold; mais n'anticipons point sur les événements. Les miliciens du Maine avaient aussi recueilli des renseignements précieux. Une avant-garde anglaise, sans doute pour mieux dérober sa marche, s'était enfoncée dans une vallée sans issue. Le capitaine Robert se porta rapidement à l'entrée de la vallée, y prit une forte position et jeta sur les versants d'habiles tireurs qui se mirent à harceler l'ennemi. Quand celui-ci, après avoir reconnu son erreur de marche, revint sur ses pas, il trouva les miliciens du Maine occupant les deux versants, d'où ils firent un feu très vif.

Le soldat anglais est, comme on dit militairement, solide au poste, mais il n'a point de spontanéité, et s'il perd ses chefs, il n'en improvise pas d'autres; il ne sait plus que combattre sans ensemble. Montaubert, durant ses luttes de toute sa vie, avait eu l'occasion fréquente de faire cette remarque; aussi recommandait-il à ses tirailleurs, tous très adroits, de viser les chefs.

Dès les premières décharges tous furent atteints, et le désordre se mit dans les rangs anglais; cependant ils avançaient avec courage sous les balles que leur lançaient des hommes à couvert, et ne purent enlever leurs blessés et leurs morts. Hors du passage étroit, ils se massèrent et combattirent en retraite : ce fut pour eux le salut; la fusillade avait été entendue du corps d'armée, et des renforts arrivèrent. Le capitaine Robert, habitué aux guerres des forêts, avait pour tactique de ne jamais lancer ses tirailleurs qu'éparpillés, et de leur donner un point de ralliement. Ainsi distribués, ses miliciens se trouvaient toujours en trop petit nombre pour en venir à un combat; mais attaquant l'ennemi de différents côtés, ils le mettaient dans l'incertitude sur le point à attaquer, et en guerre l'indécision est funeste.

Quand les renforts arrivèrent à l'ennemi, les miliciens avaient disparu, et, par un calcul que l'événement justifia, ils se portèrent derrière les renforts et dans le voisinage du corps d'armée anglais. Ce fut ainsi que commença la célèbre bataille de Freehold; la journée n'était pas avancée quand elle s'engagea; en se retirant, Montaubert, que l'on ne soupçonnait pas si près du corps principal, put observer d'une hauteur les mouvements de l'ennemi et se rallier ensuite à l'armée du congrès.

La bataille s'engagea des deux côtés avec un égal acharnement, mais les Américains avaient l'avantage des positions, s'ils n'avaient pas ceux de l'artillerie.

Deux fois le corps commandé par La Fayette enfonça les lignes anglaises, qui, immédiatement soutenues par une forte réserve, le repoussèrent : la seconde fois, sa troupe fut coupée, et il allait être enveloppé lorsque les chefs anglais tombèrent frappés par les tirailleurs du Maine, qui apparurent comme un ouragan sur la droite des Anglais et permirent au major-général de rallier sa troupe. Sur la gauche on combattait avec un égal avantage; si les Américains avaient l'avantage des positions, l'artillerie les y incommodait terriblement. La face du combat changea bientôt : La Fayette et un autre général américain (Wod, à ce que nous croyons,) attaquèrent, sur le flanc droit, le gros de l'armée ennemie, y jetèrent le trouble et la confusion; les Anglais croyaient la victoire gagnée de ce côté. Cette attaque fut décisive; ils battirent en retraite, abandonnant presque toutes leurs pièces, plusieurs drapeaux, et laissant le champ de bataille jonché de morts et de blessés. L'action durait toujours, Washington poursuivait vivement l'ennemi, sachant profiter de la victoire sans s'exposer à un retour offensif imprévu. La nuit mit fin à la bataille et à la poursuite. La perte des Anglais fut énorme, celle des miliciens fut bien moindre, mais ils laissèrent grand nombre de morts et de blessés. Cette victoire, en relevant le courage des Américains, rendit les Anglais plus circonspects, elle porta un coup fatal à la réputation des armes anglaises et amena nombre d'indécis dans le camp américain. Robert Montanbert avait reçu deux blessures, un seul de ses frères était sorti intact de la bataille; celui-ci rallia ses miliciens, fit transporter ses deux frères dans une ferme, et remit le commandement à son lieutenant. Il ne voulait pas abandonner ses frères à des soins étrangers.

CHAPITRE III

Le capitaine Robert après la bataille de Freehold. — Washington et Robert. — Un guerrier indien. — Départ de Robert pour l'Ontario. — Conduite sauvage des Anglais. — Brouillard; massacre. — Surprise d'un fort. — Les bisons. — Stratagème de Chinkow. — Marche. — Séparation momentanée des Indiens. — La petite troupe se dirigeant sur une étoile. — Inquiétudes du capitaine.

Quoique ses blessures fussent assez graves, le capitaine Robert fut emporté au quartier général; il remit à Washington un drapeau anglais enlevé par lui-même. Sa conduite durant la bataille était connue, La Fayette en avait parlé avec enthousiasme quelque temps avant de partir pour la France, d'où il espérait ramener des secours. Washington fit un éloge chaleureux du capitaine Robert et des miliciens du Maine, en présence de l'état-major américain, et nomma Robert Montaubert colonel des milices du Maine et du Massachussets; ses deux frères furent aussi élevés en grade, et si Robert eût été ambitieux, il pouvait parcourir une belle carrière; mais il n'avait qu'une seule ambition : celle de délivrer le Canada de la domination anglaise, et de rentrer dans la ville qui l'avait vu naître. Il désirait le succès des Américains parce qu'il affaiblissait les Anglais, qu'il eût trouvés prêts à porter secours à leurs compatriotes du Canada, dans le cas où il engagerait la lutte de l'indépendance de son pays. Il sentit donc qu'il ne devait pas s'engager positivement dans l'armée américaine, réservant sa liberté d'action pour le temps où La Fayette reviendrait de France avec des troupes. Le généreux Robert ne pouvait pas s'imaginer que le major-général oublierait la promesse formelle qu'il lui avait faite de lui venir en aide; son refus se fit avec simplicité et émut le général américain.

Je ne me connais pas le talent de conduire au combat des soldats réguliers; ma vie s'est passée dans les forêts, et je ne suis propre qu'au genre de guerre des forêts. Ainsi, général, donnez à un plus capable que moi le commandement dont vous voulez m'honorer : il servira mieux l'Amérique que Robert Montaubert.

Les instances ne purent le faire changer de résolution, et Washington ne pouvant encore lui faire décerner une récompense nationale, lui remit le drapeau que lui, capitaine Robert, avait enlevé à l'ennemi, en lui disant :

— Capitaine Montaubert, la république victorieuse et l'Amérique indépendante se souviendront de vos services; emportez ce trophée gagné au prix de votre sang, et le jour où vous vous présenterez au congrès avec ce glorieux témoignage, il sera heureux d'avoir quelque désir de vous à satisfaire.

De retour à la tente qu'on lui avait assignée, il fut surpris d'y trouver un vieux guerrier indien, Chinkow. Un autre, surnommé le Buffle, l'accompagnait.

— Ah! s'écria Robert en tendant la main à Chinkow, mon frère m'apporte des nouvelles des bords de l'Ontario. (C'était à l'extrémité nord que la famille Montaubert, le missionnaire de l'ordre des Récollets, Arnoul, s'étaient établis après avoir été pourchassés par les Anglais et leurs alliés les Iroquois, et forcés de quitter la mission établie près du lac supérieur.)

Le guerrier rouge pencha la tête, et de sa voix gutturale fit entendre ce seul mot : Mauvaises.

— Mauvaises! dit Robert; mon père et ma mère ne sont-ils plus?

— Ils vivent, mais dans la tristesse.

— Que mon frère s'explique, dit Robert d'une voix altérée.

— Les chiens sont venus, après le départ de mes frères; ils ont surpris la maison du Père à la robe noire, l'ont incendiée, tué beaucoup, beaucoup de mes frères disciples du Père; on croit qu'ils l'ont emmené lui-même, car on n'a point trouvé son corps parmi les morts sans chevelures.

Robert se laissa tomber sur sa couche : il aimait, il vénérait le père Arnoul, dont il avait reçu son éducation; il sentait la douleur de ses vieux parents, comprenait qu'ils étaient toujours exposés à la haine des Anglais, qui seuls avaient dû lancer les Iroquois contre leur habitation; et des larmes coulèrent sur ses joues.

— Mon frère est un homme, dit Chinkow, et non une squaw, il a une longue carabine et des balles.

— Je comprends mon frère, dit Robert en se levant vivement; dès que mes blessures me le permettront, je pars pour le lac Ontario.

— L'Indien possède des connaissances, pour guérir les blessures, bien supérieures à celles des peaux blanches, dit Chinkow; que mon frère s'asseye et me laisse voir les siennes.

Il examina les blessures du capitaine Montaubert avec une attention singulière, puis lui dit :

— Que mon frère vienne, nous trouverons dans les forêts de quoi le guérir.

Montaubert se rendit auprès de Washington, lui raconta le malheur arrivé à sa famille et lui déclara qu'il allait se rendre au lac Ontario.

Le général américain avait pu apprécier le capitaine des miliciens du Maine; loin de chercher à le détourner de sa résolution, il lui offrit une escorte, un chariot et des chevaux.

— Vingt de mes compagnons m'accompagneront,

général, je vous recommande mon jeune frère dangereusement blessé, et j'accepte deux chevaux.

Le lendemain, dès le lever du jour, il s'éloigna du camp américain et prit la direction du lac Ontario. Dès qu'ils eurent dépassé les avant-postes, Chinkow rabattit sa couverture et montra son buste peint pour la guerre.

— Mon frère croit-il que nous allons traverser des territoires ennemis? demanda le capitaine Robert.

— Où il y a des Anglais, il y a des ennemis, répondit l'Indien. Que les guerriers de mon frère écoutent les avis du Buffle.

Ils étaient tous hommes d'élite, mais l'avis de Chinkow était bon à suivre : non-seulement ils pouvaient rencontrer des Anglais ou des Iroquois, que les premiers menaient souvent avec eux, mais aussi des bandes d'écorcheurs qui n'appartenaient à aucun des deux partis. Cependant ils voyagèrent, mais lentement, sans aucune mauvaise rencontre, durant le premier jour; la victoire de Freehold avait éloigné les partisans anglais et livré le pays aux Américains. Le Buffle, quoique déjà âgé, avait conservé toute l'activité et toute la vigueur de la jeunesse; il marchait toujours en avant, et certes il eût éventé l'ennemi avant d'être découvert par lui; il était un guerrier renommé dans les forêts.

Le long de la route ils avaient rencontré des chariots qui se rendaient au camp américain; des piétons, tantôt en troupe, tantôt isolés, ayant le même but de voyage, et tous portant quelque chose aux combattants.

C'étaient des pères, des frères, des parents qui allaient s'informer de ceux qui leur étaient chers; c'étaient de nouvelles recrues qui allaient grossir, avec armes et bagages, les combattants pour l'indépendance du pays; dès qu'on apprenait le rang du capitaine Robert, la part qu'il avait prise à la victoire si glorieuse pour les armes de l'Amérique, les têtes se découvraient avec respect, et on le regardait passer, attendant les derniers hommes de l'escorte pour demander les détails de la bataille.

Ce fut à travers ce concours de peuple qu'ils voyagèrent le second jour. Chinkow paraissait étonné; quoique le guerrier indien ne laisse jamais paraître d'étonnement, il dit au capitaine Robert :

— Ces hommes tueront les Anglais; les mères et les sœurs sont joyeuses; cependant plus d'une a un fils, ou un mari, ou un frère, étendu mort sur le champ de bataille.

Il fallut faire halte, avant la fin du jour, dans une ferme assez considérable; Robert sentait les forces l'abandonner. Ils s'arrêtèrent chez de bons cultivateurs qui étaient tout zèle pour la cause américaine, tout en disant quand on parlait de l'Angleterre :

— Que Dieu sauve Sa Majesté le roi.

Ce fut une singulière guerre que celle des colonies américaines; entreprise pour se soustraire aux exactions du fisc, elle ne le fut point dans le principe contre la couronne d'Angleterre; mais la morgue, l'outrecuidance des généraux anglais la firent dégénérer en haine, et l'on confondit bientôt la couronne avec ses agents; la réconciliation devint dès-lors impossible. Ce fut la nation entière qui se leva pour combattre, même ceux qui avaient déjà approuvé les principes de la rébellion.

Le troisième jour il fallait passer sous un fort anglais, ou prendre un long détour à travers des contrées marécageuses; le Buffle et quelques hommes de l'escorte partirent en avant pour explorer le pays.

Le fort était abandonné, les Anglais s'étaient repliés vers le gros de l'armée : la dernière victoire avait donc donné un coup décisif à leur puissance. Ce fut dans le fort même, ou plutôt dans ses ruines, car les Anglais l'avaient incendié, qu'ils firent leur première halte. Aux environs tout était désert et ils ne trouvèrent aucune nourriture. Des hommes se répandirent aux alentours et découvrirent dans une vallée la population laborieuse du fort. Elle s'y était réfugiée, non par une crainte des soldats du congrès, mais pour échapper aux Anglais, qui détruisaient tout derrière eux.

Ils revinrent occuper leur village, aussi en partie incendié, en maudissant les Anglais, qui les réduisaient à se cacher. Le capitaine Robert apprit là comment les Anglais se comportaient en quittant un poste.

Dès que la nouvelle de la victoire de Freehold était arrivée, le commandant anglais avait tenu conseil; heureusement qu'un soldat attaché à la cause américaine prévint les habitants de ses intentions et qu'ils purent les éviter, en fuyant la nuit même, là où le capitaine Robert les avait découverts. Pour ne rien laisser aux vainqueurs, le commandant anglais avait résolu d'emmener tous les bestiaux, de brûler les maisons et de détruire toutes les provisions de bouche. Leur fuite préserva les colons d'une partie de ces calamités, et ils n'avaient à déplorer que la ruine, par l'incendie, de leurs habitations et des meubles qu'ils n'avaient pu emporter.

C'est par ce système sauvage que les Anglais achevèrent de s'aliéner l'esprit des colons américains, et grossirent le nombre des défenseurs de l'indépendance nationale.

A cette époque, la domination anglaise n'avait pas ouvert un si large débouché aux émigrants de l'Europe, et des quantités immenses de territoires restaient sans habitants, et n'étaient parcourus que par les guerriers silencieux et farouches des Peaux-Rouges. Les défrichements s'éloignaient peu des forts élevés pour contenir les sauvages, et là où ils s'arrêtaient, un fort était aussitôt construit et muni d'une forte garnison. Chaque ferme était aussi fortifiée et était toujours habitée par une population nombreuse et bien armée. C'est que les Peaux-Rouges ne s'annonçaient point aux sons du tambour et de la trompette, mais aux sifflements des balles ou des flèches suivis de hurlements qui remplissaient toujours d'épouvante. Il fallait que la petite troupe passât entre une ferme considérable et le dernier fort anglais élevé sur la limite du désert. Ce dernier se trouvait placé de manière à commander les deux seules routes praticables pour pénétrer dans les territoires où paraissaient quelques habitations; c'étaient les deux chemins que suivaient les Peaux-Rouges, quand la hache était enterrée entre eux et les colons. Ils apportaient des fourrures, et remportaient des munitions, des armes et surtout des couvertures et de l'eau-de-feu (eau-de-vie); cette perfide liqueur a fait plus de mal aux Indiens que les balles et les canons des blancs. Il est, dans la marche des choses humaines, que la sauva gerie doive se retirer devant la civilisation, si la sauvagerie ne l'accepte pas; mais il y a encore de nos jours, malgré le merveilleux accroissement de la population blanche, de si vastes territoires abandonnés que, si les Indiens ne s'étaient pas livrés avec fureur à la consommation des liqueurs fortes, en se retirant dans les immenses solitudes de l'ouest, ils auraient prolongé de plus d'un siècle l'anéantissement de leur race, anéantissement qui marche aussi vite que les marées d'automne sur les grèves de l'Océan. Peut-être leur rapprochement, l'unité de la défense eussent fais un corps de nation de tant de peuplades disséminées dans les forêts et les prairies du Nouveau-Monde. L'Amérique n'a-t-elle pas eu déjà des nations florissantes? des monuments inexpliqués jusqu'ici l'attestent.

Chinkow, le Buffle et quatre hommes de l'escorte prirent les devants. Il s'agissait de reconnaître le fort et la grande ferme.

Il règne souvent dans cette partie de l'Amérique, parsemée de grands lacs, des brouillards tellement intenses qu'on ne distingue pas l'homme dont on entend, nous ne disons pas le cri, mais la voix; le guerrier sauvage, aussi impressionnable aux variations atmosphériques que le sont tant d'autres êtres d'un ordre inférieur, avait pressenti le brouillard et ralenti la marche afin de se trouver à l'instant de sa plus grande intensité dans le voisinage du fort.

Ils s'avançaient donc en suivant la file indienne (sans

cela, les blancs n'auraient pu suivre les deux guerriers rouges), lorsque Chinkow se détourna et dit à voix éteinte :

— Des hommes et des chevaux.

Ils s'arrêtèrent et écoutèrent...

Le bruit venait de la gauche, et ceux qui le produisaient devaient être encore assez éloignés. Le Buffle, qui s'était porté en avant, revint. Ils se trouvaient à peu de distance de la route pratiquée pour se rendre au fort. Ils allèrent se placer sur la lisière de la route, formant un groupe immobile et silencieux.

Bientôt ils entendirent distinctement un grand piétinement de chevaux et des voix irritées.

Un homme s'écria avec colère :

— Cet imbécile de noiraud a beau porter le nom de Salomon, il n'en est pas plus avisé. D'après ce qu'il nous assurait, nous devions arriver au fort vers le milieu du jour, et nous n'avons qu'une abominable nuit et le fort semble s'éloigner. Où es-tu, drôle? approche que je te récompense.

— Massa, massa, dit le pauvre noir, ce n'être pas la nuit, mais le brouillard.

— Le drôle a raison, Collins, ne l'effrayez pas par vos menaces.

— Mais le fort, où est-il? demanda avec colère celui que l'on venait de nommer Collins; je parie qu'il va nous dire qu'il est fondu dans le brouillard.

— Oh! non, massa, dit le noir, dont la voix prouvait qu'il s'était éloigné de Collins; non, massa, le fort être de pierres et de bois, et ça ne devient jamais du brouillard.

Cette réponse excita les rires des compagnons de Collins, mais ils ne durèrent pas longtemps : un grand cri de colère et de douleur partit de la tête de la colonne, et des sauts de chevaux furieux se firent entendre. Les deux Peaux-Rouges venaient de frapper de leurs couteaux les deux premiers chevaux, et augmentèrent le tumulte en descendant le long de la ligne des cavaliers, en jouant de leurs couteaux comme ils en savent jouer. Ce ne fut plus que des cris, des imprécations et un désordre affreux, augmenté par les chevaux fous de douleur, et piétinant sur les cavaliers démontés.

Le capitaine Robert arriva avec le reste de son escorte; dès qu'il connut la cause du tumulte, il en profita pour frapper ses ennemis naturels. Feu! cria-t-il à ses gens, et les carabines retentirent, et les balles traversèrent la file des cavaliers. C'était affreux.

Chinkow s'approche et dit :

— Montons.

Il en était temps, les Anglais commençaient à riposter, mais la place était vide. Des chevaux épouvantés se jetèrent à travers les broussailles, les arbres qui bordaient le sentier, se heurtaient avec leurs cavaliers qui étaient encore en selle, contre les troncs, les branches pendantes. Alors deux hurlements, tels que les forêts en entendent seules, sortirent de la poitrine des deux Peaux-Rouges et mirent le comble à l'épouvante des Anglais. Une seconde décharge enfila le sentier et acheva la déroute. Mais presque aussitôt une marche cadencée se fit entendre derrière les miliciens : la troupe du fort faisait une reconnaissance; les hommes du capitaine Robert se jetèrent sur la gauche du sentier, laissèrent passer la ligne noire qui se rendait là où s'entendaient les vociférations. Une idée subite illumina l'esprit de Robert.

— Camarades, dit-il en modérant sa voix, en avant, le fort doit être sans défenseurs!

Quand ils atteignirent le fort, le brouillard commençait à se dissiper, ils n'y découvrirent aucune sentinelle; la grosse porte était entrebâillée, ils se jetèrent impétueusement à son entrée, pénétrèrent dans le fort aux cris de : Washington! Amérique! Le peu de soldats qui s'y trouvaient s'enfuirent poursuivis par les miliciens. En quelques instants ceux-ci, maîtres du fort, en fermèrent la porte et coururent aux fortifications.

En guerre, les circonstances et le hasard jouent un rôle important quand les chefs savent en profiter.

Quand la garnison revint, portant grand nombre de blessés et de morts, le brouillard s'était élevé en épais nuages, mais le jour brillait; elle ne s'attendait pas à trouver le fort au pouvoir ennemi; il avait été emporté sans brûler une amorce. Ne voyant plus flotter le pavillon anglais, ils s'arrêtent inquiets. Soudain le cri: Washington! Amérique! est poussé de derrière les fortifications, qui apparurent hérissées de fusils. Les Anglais poussèrent un cri de rage et de désespoir, et se réfugièrent derrière les arbres, d'où les boulets de deux canons les chassèrent; ils abandonnaient l'espoir de reprendre le fort.

— C'est bon, dit Chinkow, que va faire mon frère?

— Ami, lui dit le capitaine Robert, ne tentons pas une seconde fois la fortune, elle est inconstante. Enlevons du fort tout ce qui peut nous servir, et livrons le reste aux flammes.

La guerre rend inhumain et sauvage; plus d'une nation civilisée a de pareils actes à enregistrer dans ses fastes. Un véritable pillage commença, et s'ils n'avaient pas trouvé dans le fort plusieurs chevaux, ils auraient succombé sous le poids du butin.

Ils passèrent la nuit dans le fort, faisant bombance des provisions anglaises, et ne le quittèrent le matin qu'à la lueur des flammes qui le consumaient. Ils entrèrent dans les territoires déserts, bien approvisionnés pour les quatre ou cinq jours de marche qu'il leur restait à faire pour atteindre le lac Ontario. Ce n'était point en fuyards qu'ils se retirèrent, mais aussi fiers de leur expédition que s'ils avaient couru des périls égaux à ceux qu'ils avaient réellement massacrés.

La guerre rapproche l'homme de la bête féroce; elle éteint en son cœur tout sentiment d'humanité.

La civilisation ne sera vraiment civilisation que lorsque les peuples n'apprendront plus à hâter l'œuvre de la mort, et videront leurs différends par des armes moins brutales que le canon et la baïonnette. Pourquoi la voix conciliatrice de l'Église est-elle dédaignée?

Ils étaient arrivés dans une de ces immenses prairies qui se trouvent çà et là dans les territoires neutres, c'est-à-dire dans les territoires où les blancs voulaient bien laisser en paix les Peaux-Rouges. La population leur manquait encore, et ils semblaient accorder ce qu'ils ne pouvaient occuper.

Les herbes étaient hautes et trop dures pour les chevaux; les deux Peaux-Rouges, qui ne comprenaient guère la nécessité du repos, descendirent dans un affaissement du sol pour y chercher une herbe moins dure. Ils avaient pris les chevaux en affection, c'est que les chevaux portaient leur part de butin. On les vit revenir, non effrayés, l'Indien comprime toujours le sentiment de la crainte par la puissance de la volonté, mais disposés à demander des précautions promptes; elles étaient nécessaires, un troupeau de plusieurs milliers de bisons leur avait apparu aux extrémités de la prairie. Ces animaux broient tout sur leur passage : ils venaient vers le lieu de la halte; en montant sur des arbres, les hommes pouvaient sans danger laisser couler le torrent, mais les chevaux!

— Coupez les herbes autour du campement, dit Chinkow. Coupez-les vite, et rejetez-les en dehors de la ligne coupée.

Les hommes qui accompagnaient le capitaine Robert avaient trop longtemps vécu dans les forêts pour ne pas comprendre le danger que l'on court quand on rencontre une bande de bisons dans les plaines. Le travail se fit activement; son but était compris, et déjà un cercle de flamme ondoyait autour du campement quand on entendit le bruit aussi étrange qu'effrayant que rendent ces animaux réunis en grande troupe.

Ils purent distinguer, au-delà du cercle de feu, ces bêtes hideuses levant la tête et se dirigeant les unes à droite, les autres à gauche, en mugissant sourdement. Le reste de la troupe les poussait en avant, mais la flamme qui s'étendait les rejetait en arrière. Durant plus d'une heure la troupe défila ainsi en deux branches; elle allait chercher les pâturages des bords des lacs.

Il est certain que sans le stratagème de Chinkow, ils auraient été broyés sous les pieds de ces horribles bêtes, ou assommés par leurs têtes couvertes d'une épaisse crinière, et d'une force extraordinaire. Cependant la flamme marchait en avant et rendait impraticable la continuation de la route. Ils avançaient lentement sur ce sol encore chaud, et suivaient du regard la progression de l'incendie.

— S'il se communique aux forêts, dit le capitaine Robert à Chinkow, cet incendie durera plus d'une année.

— Les forêts sont trop humides, dit le Mohaw, et les arbres trop gros. L'incendie ne les atteindra pas le soir d'un jour comme celui-ci; il était tombé une pluie fine, dont les feuilles se trouvaient chargées.

Chinkow avait raison : ils virent l'incendie, d'abord noyé dans une fumée épaisse, puis s'assoupissant sur la lisière des bois. De temps en temps ils trouvaient le corps grillé d'un reptile ou tout autre quadrupède, surtout de ceux que l'on nomme chiens des prairies. Ils avaient probablement fui devant la flamme, mais le torrent des bisons les y avait rejetés ou écrasés. Le soir, Chinkow recommanda les plus grandes précautions : la fumée, dit-il, s'aperçoit de loin, et là où il y a de la fumée nous pensons qu'il y a des hommes.

Les chevaux, attachés à des piquets, formaient un cercle espacé autour du campement; les ballots en remplissaient les vides et des couvertures tendues sur des perches servaient de tentes. Le souper fut abondant et même délicat; les Anglais s'y connaissent et leurs provisions en faisaient les frais.

— Mon frère, demanda le capitaine au chef indien, veut-il me dire combien nous avons encore de soleils avant d'atteindre la demeure de mon père?

Chinkow leva trois doigts.

— Je voudrais qu'il n'y en eût qu'un, ajouta-t-il; les

bisons étaient trop nombreux pour ne pas fuir devant beaucoup de guerriers.

— Et tu penses, ami Chinkow, que nous serons exposés à des rencontres de guerriers rouges?

— Cela sera ainsi, fit Chinkow, à moins qu'ils n'aient suivi les bandes de bisons qui se dirigeront vers le midi et vers le nord.

Il est plus difficile de se soustraire à des animaux brutes, qui n'ont guère que la force en partage, que d'échapper à des ennemis à l'œil perçant, à l'ouïe tellement ouverte à tous les bruits qu'elle les perçoit à des distances incroyables; à des ennemis pleins d'astuce, intrépides et sanguinaires, qui tuent par des souffrances horribles. Le capitaine Robert et ses gens le savaient, les avaient souvent combattus; les prévisions du guerrier indien ne les effrayèrent donc point, mais les mirent sur leurs gardes. Un campement dans la plaine offrait, à cause surtout de leurs chevaux chargés de butin, plus de moyens de résistance que s'il eût été placé entre les arbres, où chaque tronc sert réellement d'impénétrable bouclier aux guerriers rouges. Mais il fallait avancer, et la plaine allait finir et les forêts étendre sur l'escorte leurs dômes sombres, leurs labyrinthes silencieux. Ils avancèrent en bon ordre, sondant du regard la profondeur de l'horizon. Aucun indice menaçant ne leur apparut, et lorsque le soleil descendait vers les plaines et les forêts inexplorées de l'ouest, ils allaient entrer sous le couvert des arbres.

Chinkow et le Buffle parurent un instant se consulter, puis le dernier s'avança rapidement vers la forêt, dans laquelle il disparut. Le capitaine Robert poussa son cheval en avant et rejoignit le guerrier indien qui marchait de quelques pas en avant de la troupe.

— Mon frère soupçonne-t-il un voisinage dangereux? lui demanda-t-il.

Chinkow lui présenta une plume d'aigle qu'il avait trouvée sur le sol.

— Ah bien! fit Robert.

Le guerrier rouge jeta sur lui un regard rapide et surpris, puis il dit :

— La plume parle clairement.

— Pour toi, ami Chinkow, mais pour moi elle n'est qu'une plume.

— Elle est tombée de la tête d'un chef qui se retirait rapidement sous le couvert des bois; la plume se brûle, le feu a passé par ici et elle n'est pas brûlée. Des guerriers rouges sont dans le voisinage.

— A quelle nation apppartiennent ces guerriers; mon frère peut-il me le dire?

— Iroquois, répondit le guerrier indien; ils nous ont découverts, et la fumée les dérobait à nos yeux.

— Leur retraite à notre approche prouve, ami Chinkow, qu'ils ne sont pas nombreux?

— Ils ont vu nos chevaux chargés, ils ont compté nos guerriers, et ils veulent enlever notre butin sans s'exposer. Campons ici.

— Mais ils tueront le Buffle, il est seul?

— Le Buffle est vieux et sage, répondit sentencieusement Chinkow.

On fit halte; le campement fut disposé comme antérieurement, c'est-à-dire environné des chevaux déchargés et des ballots.

— Mon frère a dit que les Iroquois nous observaient des forêts. Je lui témoigne encore les craintes que je ressens pour le Buffle, qui s'y est enfoncé seul.

— Ils ne l'attaqueront point; ils veulent notre butin : il faut que nous ne soupçonnions pas leur voisinage. Le Buffle va revenir.

Il revint en effet, chargé de bois sec et semblant plier sous le fardeau.

— Hugh! fit Chinkow. Les chiens nous croient sans défiance!

— Qui donne à mon frère cette opinion?

— Quand on croit les ennemis dans les forêts, y envoie-t-on un seul homme pour y chercher du bois? répondit Chinkow.

— Mon frère est sage et clairvoyant, dit le capitaine Robert.

Pendant ce temps-là, l'ombre était descendue sur la plaine et sur la sombre masse des arbres, et les blancs préparèrent le repas du soir, quand Chinkow dit au capitaine :

— Que tes guerriers se hâtent, nous allons partir.

Le capitaine Robert se fiait entièrement aux conseils de Chinkow; il donna l'ordre de recharger les chevaux, en les faisant passer, l'un après l'autre, derrière les hommes qui se tenaient debout autour du feu, puis il les fit se coucher sur la terre comme des gens qui se préparent au sommeil.

— Maintenant, dit Chinkow, le feu s'éteint; mon frère voit cette étoile, qu'il marche avec ses guerriers en l'ayant toujours droit devant lui, qu'il marche vite, Chinkow et le Buffle les rejoindront.

Les deux Indiens restèrent auprès du feu, se levant, allant, venant, arrangeant leurs couvertures de manière à faire croire que c'étaient d'autres guerriers qu'eux qu' circulaient autour du brasier qui s'éteignait.

Pendant ce temps le capitaine et son escorte s'avançaient rapidement vers le sud, conservant toujours l'étoile en ligne directe. Plusieurs heures s'écoulèrent, les deux guerriers rouges ne revenaient point, et ils trouvaient toujours devant eux la surface rase de la plaine; mais ils sentirent les herbes qui se courbaient sous leurs pas et les pieds des chevaux s'enfonçaient dans le sol qui s'inclinait vers des lieux d'où s'élevaient des vapeurs bleuâtres. Ces vapeurs pouvaient leur dérober la vue de l'étoile, une fois qu'ils seraient descendus sous leur voile épais. Ils firent halte, pour attendre les deux Indiens. Les chevaux se mirent avidement à brouter l'herbe fraîche, et les miliciens, écrasés de fatigue et de sommeil, s'enveloppèrent de leurs couvertures, mirent leurs havre-sacs sous leurs têtes et s'endormirent. Robert se trouvait trop inquiet pour se livrer au sommeil ; il s'approcha de la sentinelle, qui dormait réllement debout.

— Ami, lui dit-il, les prairies offrent autant de dangers que les forêts; prends garde de nous laisser surprendre.

— Capitaine, répondit le milicien, mes oreilles dorment déjà malgré ma volonté. Il me semble que tout s'efface autour de moi, ma pensée s'évanouit.

— Couche-toi, je veillerai, dit Robert : le milicien se laissa aller à terre et s'endormit aussitôt.

La nuit était déjà fort avancée, et les deux Indiens ne reparaissaient point.

— Ils auront pris une autre direction, se dit-il; mais non, les Peaux-Rouges ne s'égarent jamais.

Puis l'idée lui vint qu'ils pouvaient avoir été surpris et tués par les Iroquois. Cette pensée le fit frissonner; il vivait depuis bien des années avec ces deux sauvages, dont la fidélité et l'attachement ne s'étaient jamais démentis : il les affectionnait comme deux frères, et, dans la position où il se trouvait, eux seuls pouvaient éclairer sa route. Une grande inquiétude s'empara de son esprit.

CHAPITRE III.

Retour des deux guerriers indiens. — Heureuse méprise de deux partis ennemis trompés par Chinkow. — Le capitaine transporté sur un brancard. — Arrivée au lac Ontario. — Merveilleuse sagacité de Chinkow. — Stratagème. — Les canots découverts. — Prise de l'Irlandais Mac-Intish. — Ce qu'il était. — Les Iroquois sont surpris au lieu de surprendre. — Arrivée aux habitations.

Le capitaine Robert se trouvait seul éveillé au milieu de ses gens, dont les ronflements sonores s'élevaient dans le silence de la prairie : déjà le froid, qui devient si intense après le milieu de la nuit, commençait à le pénétrer, quoiqu'il se promenât pour activer la circulation : le brouillard, élevé des bas-fonds, montait et s'étendait lentement sur les prairies; le capitaine se désespérait, frappait fortement le sol humide et jetait vers la direction qu'ils avaient suivie des regards inquiets. Il est impossible, se disait-il, que Chinkow et le Buffle nous découvrent sous ce brouillard, je distingue à peine à deux pas, quoique mes yeux soient accoutumés à l'obscurité. Allumer un feu de ralliement serait trahir notre présence et nous livrer aux ennemis, s'ils ont massacré nos deux guides. Cependant, s'ils vivent encore, il faut qu'ils sachent où nous sommes; que faire?

Il marchait, plein d'anxiété, plongeant ses regards dans le brouillard, dont l'épaisseur s'augmentait de plus en plus. Un bruit, mais un bruit imperceptible à toutes antres oreilles qu'à celles d'un homme dont l'attention est tendue, parvint jusqu'à *lui*. Il se couche sur le sol, et à la manière des Indiens, se ferme une oreille avec le pouce. On vient vers eux, les pas sont légers comme ceux des sauvages. Mais sont-ce ceux de ses deux alliés? Il éveille doucement ses gens et les prévient que des hommes approchent.

Dans les solitudes du Nouveau-Monde cette annonce est celle d'un danger, incertain il est vrai, mais c'est l'annonce d'un danger probable.

L'incertitude cessa ; Chinkow et le Buffle arrivèrent.

Les nouvelles qu'ils apportaient étaient de nature à les étonner. Lorsque les deux Indiens eurent éteint le feu, ils s'avançèrent rapidement vers la direction du territoire où ils avaient incendié le fort anglais, et, à environ trois milles, ils allumèrent un nouveau feu. Leur but était de mettre les Iroquois sur une fausse trace et de gagner de l'avance dans leur marche vers le lac Ontario. A peine ce feu trompeur commençait-il à briller, qu'ils entendirent des bruits dans le lointain, non du côté des forêts, mais du côté du fort : ramper à terre, chercher un point abrité d'où ils pussent observer les nouveaux arrivants que la lueur ne pouvait manquer d'attirer, fut le parti qu'ils prirent; un bruit nouveau, mais cette fois provenant du côté des forêts, les obligea à changer de position. Alors ils parvinrent à distinguer deux bandes arrivant des deux points opposés et se dirigeant vers la lueur du feu. La marche peu silencieuse de l'une annonçait des Peaux-Blanches, tandis que celle de l'autre s'opérait avec la prudence des guerriers des forêts. Il y eut une rencontre dans les ténèbres, où le couteau et le sabre servirent seuls aux combattants. Ce fut alors que Chinkow et le Buffle revinrent en hâte rejoindre la troupe du capitaine Robert.

Sans perdre de temps ils se mirent en marche et parvinrent, aux premières lueurs du jour, sur le bord d'une rivière plus large que profonde : ils la traversèrent et s'enfoncèrent dans d'épaisses forêts, en suivant les sentiers frayés par les fauves. Il fallut faire halte, l'escorte était exténuée et le capitaine Robert ne pouvait plus avancer. Il avait été obligé de marcher, il eût été impossible de traverser à cheval ces épais halliers et ces arbres sous les rameaux desquels les gens à pied étaient dans la nécessité de se courber. Le lieu du campement fut choisi et nettoyé en peu de temps, et ils purent se livrer au repos.

Nous pouvons expliquer ici ce que Chinkow n'avait pu expliquer au capitaine Robert.

Dès que la nouvelle de la victoire des Américains s'était répandue dans les districts, l'enthousiasme y avait été presque général, et de nombreuses troupes de partisans, prenant les armes, avaient harcelé les garnisons anglaises dispersées dans le pays. De leur côté, les généraux anglais déployaient une grande activité pour conserver les points fortifiés qui leur donnaient tant d'avantages sur les rebelles. Le fort, incendié par le capitaine Robert, était une position stratégique très importante, et ils y avaient envoyé le corps de cavaliers que le hasard avait fait rencontrer au capitaine Robert durant le brouillard. On sait comment il avait été décimé avant la prise et l'incendie du fort : mais lorsqu'il eut été rallié par les soldats de la garnison et par les gens de la ferme, ils revinrent tous au fort, qui achevait de se consumer, et apprirent de quelques soldats qui avaient pu s'en échapper, le petit nombre d'hommes par qui ce coup hardi venait d'être exécuté. Ils se mirent le jour suivant à la poursuite de l'escorte, et ce fut par une méprise fatale pour eux qu'ils attaquèrent les Iroquois leurs alliés, qui de leur côté, trompés par les ruses de Chinkow, croyaient tomber sur l'escorte qu'ils voulaient dévaliser. Quand le jour vint éclairer leur erreur, il était trop tard pour poursuivre l'escorte; il faut dire aussi que les troupes avaient trop souffert dans un combat de nuit, presque toujours plus meurtrier qu'un combat livré à la lueur du jour.

La fortune commençait à se prononcer de tous côtés

contre les armes anglaises, mais les généraux de la Grande-Bretagne ne désespéraient encore de rien : Cornwallis avait sous ses ordres des troupes nombreuses; d'un autre côté, le vainqueur à Bunkers-Hill, Clinton, qui avait repris Boston aux Américains, et s'était rendu maître de Rhode-Islande, remplaçait Howe à Philadelphie et déployait une grande activité pour comprimer la rébellion.

Tel était à peu près l'état des choses à l'époque de notre récit; revenons au capitaine Robert et à ses compagnons de route.

Il y eut conseil tenu dans le campement où nous les avons laissés, et il fut décidé de changer de direction, d'entrer dans un cours d'eau que le Buffle assurait n'être distant que de quatre milles, de le faire descendre aux chevaux pour effacer leurs traces, puis de gagner en ligne droite les bords de l'Ontario.

Les blessures du capitaine s'étaient r'ouvertes, et devenaient inquiétantes malgré les remèdes de Chinkow. Il fallait arriver au plus tôt au but du voyage pour qu'il pût trouver le repos et les soins nécessaires à sa situation. Les miliciens improvisèrent un brancard et se relayèrent pour le porter. Mais la marche se trouvait ainsi ralentie, et Chinkow témoignait des inquiétudes; s'il eût alors connu la surprise et l'erreur qui avaient mis aux mains les Anglais et les Iroquois, la nuit précédente, il n'eût pas craint d'être poursuivi, mais il l'ignorait; de là ses inquiétudes. Les approches des lacs sont toujours plus dangereuses que les forêts. C'est vers les lacs que se dirigent les bandes de bisons, qui y trouvent des pâturages abondants, et c'est aussi dans ces mêmes lieux qu'on est le plus exposé à rencontrer des chasseurs sauvages de différentes nations, attirés qu'ils sont par une chasse plus sûre et plus abondante.

Cependant l'escorte avançait sans faire de mauvaises rencontres, et le terme du voyage se rapprochait à la grande satisfaction de tous, surtout du capitaine Robert.

qui sentait ses forces s'épuiser et qui souffrait en outre du surcroît de fatigue que ses compagnons s'imposaient pour lui. On comprendrait cette fatigue si l'on pouvait se faire une idée de ce qu'est une marche dans les forêts séculaires du Nouveau-Monde, et y ajoutant un fardeau en sus, et les obstacles offerts au transport d'un blessé sur un long brancard.

Enfin le Buffle apporta une bonne nouvelle : il avait abattu un de ces grands oiseaux qui ne fréquentent que les grandes eaux; le lac ne devait pas être loin. Des nuées d'oiseaux aquatiques tourbillonnaient dans l'air, et le terrain toujours en pente devait nécessairement avoisiner le lac. Vers le soir les éclaireurs revinrent, en poussant des cris de joie; les rayons obliques du soleil couchant étaient réflétés par les ondulations des eaux du lac; ils arrivaient sur ses bords. La joie fut générale, ce fut à qui hâterait la marche vers ce lac tant désiré.

Chinkow partageait cette joie, mais ne semblait pas se livrer aux sentiments de sécurité qui exaltaient les miliciens. Il choisit sur la rive un point isolé, espèce de promontoire qui pointait dans le lac, y fit conduire les chevaux et le bagage, puis conseilla aux blancs de s'y retrancher.

D'après son estime, ils devaient se trouver à environ dix milles de l'habitation Montaubert. Mais qui pouvait dire que, durant son absence, cette habitation n'était pas devenue la proie des flammes, comme tant d'autres qui se trouvaient sur la lisière des territoires des Peaux-Rouges? Des rameaux furent coupés, traînés autour du campement et adroitement entremêlés pour faire un obstacle, non infranchissable, mais propre à arrêter l'ennemi, et à protéger ceux qui l'avaient élevé. Un immense brasier éleva sa flamme hors du retranchement, éclairant les approches et servant à sécher les vêtements humides après une marche dans les forêts, et à cuire les aliments. Ceux qu'ils avaient enlevés aux Anglais n'étaient pas encore consommés.

On touchait au terme du village, le repos était attendu le jour suivant, c'en était assez pour relever les courages et pour inspirer de la sécurité. Aussi l'animation se remarquait dans le campement, le capitaine Robert lui-même la partageait, et le moral, réagissant sur le physique, il se trouvait mieux ; il espérait. Demain au soir il serait dans sa famille, livré aux soins de son père et de sa mère. Il était heureux d'attente.

Ces préparatifs n'étaient pas inutiles, comme nous allons le voir. L'étendue du lac Ontario est bien inférieure à celle du lac supérieur; mais, à cette époque, ses eaux étaient plus fréquentées par les blancs et les Indiens que celles du lac supérieur. Plus long que large, il s'étendait des territoires du Maine jusqu'à ceux de la Pensylvanie, avait une communication avec le lac Erié, qui lui-même communiquait au lac Huron et au Michigan; c'était une immense voie de communication par eau, qui était ouverte à de nombreuses nations rouges, aux colons blancs, et dont ils devaient profiter à une époque de guerre comme celle que traversaient alors les colonies américaines; le point central de la rébellion se trouvait en Virginie, patrie de Washington, mais avait été déplacé par suite des défaites et des victoires des Américains; le feu de la guerre éclatant en Pensylvanie, le lac Ontario devenait donc un point de transition pour les deux partis et pour leurs alliés. La politique de Chinkow, qui avait conseillé d'allumer un immense brasier sur un lieu élevé et qu'on découvrait de loin, aurait pu paraître contraire aux habitudes des Peaux-Rouges, qui cherchent toujours à dissimuler leur présence; mais elle était prévoyante et prouvait l'expérience et la prévision du vieux chef indien Avant d'arriver à la résidence de Montaubert, il voulait savoir si des partis amis ou ennemis se trouvaient sur le lac ou dans les terres : en faisant connaître son arrivée par l'éclat et l'étendue du feu, il engageait les ennemis ou les alliés à faire une reconnaissance, à se démasquer, et enfin il prévenait les habitants de la résidence Montaubert de leur arrivée.

Tandis que la flamme s'élevait brillante, projetant sa lueur sur les eaux du lac, il s'était placé en observation sur la rive, étendu de manière à raser du regard la surface des eaux; le Buffle était allé explorer les forêts, comme savent les explorer les Indiens.

La sécurité que l'on trouve chez les nations civilisées émousse les sens, au témoignage desquels on a rarement recours; il n'en est point ainsi parmi les peuplades sauvages : continuellement en action, leurs sens acquièrent un développement, une finesse égale à tout ce que les animaux nous prouvent de plus merveilleux sous ce rapport.

L'âge atténue peu les sens chez le sauvage, et l'expérience supplée à leur diminution.

D'abord le vieux chef observa qu'un vent peu violent soufflait du sud, les lames du lac devaient donc arriver lentes et non brisées sur la rive. Sur les eaux, le son se propage avec une grande rapidité, surtout quand le vent n'est pas contraire à cette propagation; puis enfin, le soir où Chinkow était ainsi en observation, la lune, un peu en retard, allait éclairer les eaux du lac; rien de ce qui se passerait, même à une grande distance, ne pouvait donc échapper au chef indien.

La patience est une des qualités du sauvage. Chinkow, étendu sur le sable, aurait pu passer pour un homme endormi tant son immobilité était entière, mais les yeux couraient sur les eaux et les interrogeaient; mais l'ouïe écoutait le clapotement monotone des lames qui venaient mourir sur la grève, les bruits qui traversaient les airs, et quelque faibles qu'ils fussent, elle les percevait. Une lame rendit un clapotement un peu plus fort, puis une autre la suivit plus vivement encore; puis enfin, au lieu d'arriver longues et monotones, elles s'arrondirent légèrement.

— Des canots viennent, dit Chinkow; ce sont certainement des canots, j'aurais découvert une barque beaucoup plus élevée sur la surface.

Son œil perçant fouille l'horizon : il découvre une tache sombre; deux, trois autres apparaissent presque au même instant. Il reporte son regard vers le promontoire, la flamme s'y élevait brillante, couronnée de torrents de fumée rougeâtre.

Il se hâta de gravir le promontoire; il voulait prévenir le capitaine et faire diminuer le feu, comme cela arrive quand ceux qui l'ont allumé songent à se livrer au sommeil. Puis il redescendit sur la rive.

La lune montait dans le ciel; sa lueur plus brillante illuminait les lames du lac de traînées phosphorescentes; il découvrit six canots, marchant tantôt de front et tantôt sur une même ligne; ils cessèrent de nager à environ un quart de mille et ne firent plus qu'une masse sombre au-dessus des eaux.

— Ils tiennent conseil, se dit le pénétrant Indien; je vais bientôt savoir le parti qu'ils ont pris.

Effectivement trois canots se détachèrent vers le haut du lac, deux autres vers le bas; un seul, presque imperceptible, s'avança vers le promontoire.

— Ils n'ont pas de guerriers dans les forêts, se dit Chinkow, ils veulent tenter une reconnaissance ou une surprise des deux côtés; le canot qui reste en observation doit y être pour faire des signaux.

La flamme du promontoire avait baissé insensiblement, elle paraissait sur le point de s'éteindre; le canot avança rapidement et se plaça sous les rayons obliques de la lune, ce qui le rendait moins visible.

Chinkow revint au promontoire; la moitié de l'escorte dormait profondément, le capitaine était aussi assoupi. Il prit six des hommes éveillés et alla les placer sous des escarpements de rochers qui dominaient les alentours, les prévint de l'approche probable d'ennemis, et recommanda le plus profond silence. Il retourne ensuite sur la rive, mais le canot avait disparu : il écoute, il se couche près de la lame, elle n'est plus recourbée et son clapotement régulier lui dit que le canot est à terre. Ce n'est pas au bas du promontoire qu'il aura abordé.

— C'est à droite ou à gauche de ce point ; il aura rejoint les deux canots qui ont nagé vers la gauche, se dit-il : une attaque de deux côtés à la fois leur aura fait prendre le parti d'égaliser leurs forces.

Il était livré à ces calculs investigateurs, lorsqu'il entendit un craquement sur le sable. Il ne remua pas, mais sa main droite dégaîna son long couteau ; le bruit s'était fait à dix pas de lui. Lentement, insensiblement il se tourna sur le côté gauche, replia ses jambes sous ses cuisses de manière à pouvoir se dresser comme mû par un ressort. Tout cela s'était exécuté avant que celui qui approchait fût à portée de son couteau. Tout-à-coup, il se lève et fait entendre le hugh ! familier aux Peaux-Rouges, en repoussant son couteau dans sa gaîne.

Il avait reconnu le Buffle. Celui-ci venait le prévenir qu'une dizaine d'Iroquois étaient descendus à terre au-delà du promontoire. Ils tinrent un instant conseil et allaient remonter sur le promontoire quand l'ombre d'un homme se détacha à vingt pas d'eux. A cause des blocs de rochers, la lueur de la lune n'éclairait que des bandes irrégulières du sol, le reste était sombre ; les deux Indiens se tinrent immobiles contre un de ces blocs. L'homme qu'ils avaient découvert se trouvait alors éclairé par la lune du côté du lac, mais caché par le rocher du côté du promontoire ; ce n'était pas un Indien. Il approcha des deux Peaux-Rouges sans soupçonner leur présence ; il battit un briquet, recueillit une étincelle, et à l'instant où une petite flamme brillait à sa main, Chinkow et le Buffle l'enlaçaient de leurs bras, le renversaient et étouffaient sa voix en enveloppant sa tête d'une couverture ; ils l'emportèrent empaqueté, et malgré ses efforts, jusque sur le promontoire. Tous les hommes s'y trouvaient éveillés, on ralluma le feu, en l'entourant de branches sèches, et on procéda à l'examen du prisonnier. C'était un homme de grande taille, d'un blond ardent, et déjà âgé. Ses vêtements étaient semblables à ceux des chasseurs américains, mais il n'était armé que de deux pistolets longs, d'un sabre large et court. On l'interrogea; il répondit qu'il était Irlandais, au service de la compagnie anglaise, qu'il n'avait pas voulu s'approcher du promontoire sans s'être assuré s'il y trouverait des amis ou des ennemis; qu'il était heureux d'être tombé entre les mains de chrétiens, et qu'il les priait de le laisser retourner au canot qu'il avait amarré aux rochers. Enfin il parla longtemps, sans suite dans les idées et sans pouvoir dissimuler ses craintes, quoiqu'il affectât d'être rassuré par la présence des hommes blancs qui l'entouraient.

Ceux-ci l'avaient patiemment écouté sans ajouter de questions aux premières qu'ils lui avaient faites. Montaubert l'examinait avec attention, il lui semblait qu'il s'était déjà rencontré avec cet homme, mais il ne pouvait se rappeler dans quelles circonstances. Il commanda de le délier, de lui ôter ses armes, et lui adressa les questions suivantes :

— Vous dites que vous êtes agent de la compagnie anglaise pour la traite des peaux; où alliez-vous sur l'Ontario, les Anglais n'y ont pas encore de comptoirs et les sauvages descendent jusqu'au lac Huron pour faire la traite. Vous n'êtes pas seul; qui sont vos compagnons, combien sont-ils et où sont-ils?

Ces questions troublèrent l'Irlandais, qui venait de remarquer que les hommes au pouvoir desquels il était tombé portaient l'uniforme simple adopté par les miliciens des colonies. Il répondit qu'il avait pris à son service des sauvages, à cause de leur grande habileté à conduire des canots, et des facilités qu'ils lui procuraient pour la traite.

— Ainsi, dit le capitaine Robert, vos compagnons sont des Peaux-Rouges; mais vous ne m'en indiquez point le nombre.

— Le canot est grand, sir, répondit-il, mais

devais remporter des pelleteries, je n'ai pris que cinq rameurs.

— Ainsi vous vous trouviez seul sur le lac, demanda le capitaine, il n'y a pas d'autres canots?

— Je l'ignore, répondit-il avec plus d'assurance. Il ne savait pas que les autres canots avaient été découverts.

— Eh bien! fit Robert, si les cinq autres canots qui ont jeté leurs hommes à terre n'étaient pas avec le vôtre, et que vous soyez ce que vous assurez être, un chasseur en-traite, vous serez libre; nous ne faisons pas la guerre aux hommes uniquement occupés de traite; si vous avez voulu nous tromper, je sais ce que je dois faire.

La lueur du feu éclairait la figure de l'Irlandais, le capitaine l'observait avec une grande attention, son trouble ne put pas être dissimulé; il n'avait pas cru que les autres canots avaient été aperçus. Il porta la main à son front, et Robert remarqua que le petit doigt manquait à cette main; cette remarque éveilla et précisa ses souvenirs; se dressant avec vivacité, il dit à l'Irlandais :

— Vous devez connaître un homme de votre nation, les Iroquois le désignaient par le sobriquet du Loup altéré, son nom de famille est Mac-Intish? Moi, je me nomme Robert Montaubert, fils aîné de l'armurier de Québec, qui fut blessé traîtreusement par ce Mac-Intish lorsque les Anglais le conduisaient à la citadelle. Vous le rappelez-vous, Mac-Intish?

Ces paroles foudroyèrent l'Irlandais, il se sentit perdu; cependant il parut reprendre courage à l'idée qui lui surgit dans l'esprit.

— Je me le rappelle, dit-il, mais j'étais jeune alors, et animé par l'exemple contre les Canadiens révoltés. Ferez-vous payer à l'homme mûr l'entraînement irréfléchi du jeune homme, alors que tant d'années se sont écoulées depuis sa faute?

— Si le temps doit effacer le passé, répondit le capitaine Robert, le présent peut-il être aussi effacé? Votre bouche vient de proférer le mensonge; vous étiez avec cinq autres canots et vous veniez pour nous surprendre ; partout où je trouve un Anglais, je vois un ennemi et je le traite en ennemi.

— Capitaine Montaubert, dit l'Irlandais, pardonneriez-vous à un ennemi qui vous révélerait un secret qui intéresse votre famille?

Le capitaine Robert réfléchit un instant, et cet instant lui suffit pour comprendre que cette expédition de l'Irlandais était dirigée contre l'habitation de son père ; il répondit à l'Irlandais :

— Parlez, sir Mac-Intish !

Celui-ci comprit qu'il n'avait plus que ce moyen de salut, il se décida à la franchise.

— Les six canots avec lesquels je remontais le lac sont pour ainsi dire l'avant-garde d'une flottille anglaise qui doit débarquer des soldats destinés à prendre les Américains par derrière, tandis que les troupes de Philadelphie les attaqueront dans la Virginie, la Pensylvanie et sur les limites du Maine. L'habitation de votre père doit être détruite, le général anglais sait que vous et vos frères avez levé une troupe de miliciens dans le Maine, et que vous combattez avec les Américains. Nous serions allés à l'extrémité de l'Ontario, si nous n'avions pas aperçu votre feu.

— Et vous auriez massacré mon vieux père, ma vieille mère, nos amis et serviteurs? s'écria Robert.

— Nous avions ordre de nous emparer de leurs personnes et de leur habitation.

— Vous emparer de leurs personnes et de leur habitation? s'écria Robert, dont le sang commençait à bouillonner dans les veines ; oui, comme vous vous êtes emparés d'un missionnaire respectable que vous et vos Peaux-Rouges avez massacré avec son petit troupeau de fidèles.

— Si des Indiens ont massacré des Indiens, c'est dans leurs mœurs ; mais le missionnaire n'a pas subi ce sort.

— Où est-il? demanda vivement Robert.

— Les Iroquois l'ont emmené du côté de leurs territoires; je n'en sais pas davantage.

Au même instant on entendit plusieurs coups de feu dans le voisinage.

— Anglais, dit Robert, vos alliés nous attaquent; la hache est plus que jamais déterrée entre nous. A quel nombre s'élèvent vos alliés?

— Trente-cinq, répondit-il.

— Camarades, commanda Robert, aux armes; rappelez-vous que vous allez repousser des Peaux-Rouges. Liez cet homme.

Dès que les miliciens, au fait de ce genre d'attaque, se furent éloignés, le capitaine s'approcha de l'Irlandais, dont la face était devenue livide :

— Ne craignez rien, lui dit-il, le fils de Montaubert ne tue pas un ennemi désarmé et garrotté; si vos alliés les Peaux-Rouges ne sont pas plus nombreux que vous le dites, le combat sera bientôt fini; si vous avez encore voulu me tromper, Mac-Intish, je vous engage à recommander votre âme à Dieu.

— J'ai déclaré exactement leur nombre, capitaine, dit l'Irlandais d'une voix tremblante.

De nouveaux coups de fusil retentirent.

— Ce sont mes soldats, je connais la détonation de leurs carabines, dit le capitaine Robert.

C'étaient effectivement les bonnes carabines sorties de l'atelier du père Montaubert qui se faisaient entendre. Les miliciens, que le capitaine venait d'envoyer à l'appui de leurs camarades déjà engagés dans la lutte, avaient rencontré Chinkow; il leur avait dit ce seul mot : « Venez, » et ils l'avaient suivi

Sur la grève, à l'endroit où il avait enlevé l'Irlandais, des Iroquois rôdaient, probablement à sa recherche; malgré le soin qu'ils prenaient de s'avancer en s'abritant de rochers en rochers, ils se montraient cependant à découvert, éclairés par la lune assez de temps pour permettre aux miliciens de tirer sur eux. Comme toujours, les

Peaux-Rouges disparurent; au lieu de surprendre ils étaient surpris; en pareil cas ils ne tiennent jamais ferme.

Chinkow et ses compagnons les suivaient en prenant les mêmes précautions, et purent les voir remonter dans leurs canots et pousser au large.

De l'autre côté du promontoire les miliciens avaient eu le même succès; les Iroquois s'étaient enfuis sans tirer un seul coup de fusil. Il est probable que leur poudre se trouvait humide.

On put, du bout du promontoire, voir leurs canots se réunir, puis s'éloigner à force de rames; mais on ne compta que cinq canots. Celui qui avait servi à l'Irlandais s'étant trouvé trop voisin des miliciens, les Iroquois n'avaient pas jugé prudent de s'y embarquer à portée de leurs balles.

Il ne fallait plus songer au repos, après une pareille alerte; le temps devenait précieux pour préserver l'habitation de son père : en cas que les Iroquois se fussent dirigés vers le haut du lac, il devenait urgent de se mettre en route.

L'Irlandais s'offrit pour porter un des bouts du brancard, et fut froidement refusé. On lui délia les jambes et il fut placé entre deux miliciens; d'ailleurs la fuite lui était impossible. Qu'eût-il pu faire seul dans les forêts? C'est la réflexion que fit le capitaine, mais Chinkow ne raisonna pas ainsi. Il restait un canot : si l'Irlandais pouvait échapper à leur surveillance et gagner ce canot, qui devait être pourvu de vivres, il se mettait à l'abri de leur poursuite, rejoignait les Iroquois et les renseignait sur leur nombre. Il disparut, lorsque l'escorte descendait du promontoire, et alla au canot; après l'avoir coulé à fond, il revint avec un rouleau de couvertures, un beau fusil et d'autres objets. Chinkow pensait à tout et ne perdait jamais rien que quand il ne pouvait pas l'emporter : c'est la nature des Peaux-Rouges.

Pour l'Indien, une couverture est un objet précieux;

elle le protége contre le froid et l'humidité de la nuit; contre la pluie, les vents et les moustiques si dangereux dans ces contrées; mais comme les halliers, les branches, la déchirent à chaque instant durant leurs courses, elle est bientôt en lambeaux, et une nouvelle couverture est une fortune. Le brave vieux Buffle, dont la couverture était en lambeaux, en reçut une de son chef, et jeta les débris de la vieille dans la forêt. C'est encore un des traits distinctifs du caractère du sauvage : il prise ce qui peut lui servir, en quelque piteux état qu'il soit; mais s'il trouve à le remplacer avantageusement, il jette avec indifférence sa vieille dépouille, dont un blanc pourrait en core tirer parti.

Après une marche aussi rapide que le permettaient les obstacles du chemin, et une longue halte que l'état de souffrance du capitaine rendit nécessaire, ils atteignirent, vers le soir, les hauteurs qui bordent le lac vers le nord-ouest. Il restait encore cinq ou six milles de distance à parcourir. Chinkow envoya le Buffle prévenir la famille Montaubert de l'arrivée du capitaine, et aussi pour l'avertir que cinq canots, montés par des Iroquois, se trouvaient dans les eaux du lac.

Le capitaine passa une nuit fort agitée; il allait revoir sa famille, sur laquelle le malheur venait de passer; en quel état la trouverait-il? Chinkow lui avait-il révélé toute la vérité?

CHAPITRE IV.

Habitation Montaubert. — La tempête. — Un canot jeté à la rive. — Des naufragés. — Chinkow sauve le père Arnoul. — Récit de ce dernier. — Lettre du camp américain. — Promesses mensongères faites aux Indiens par les Anglais. — Demande de secours à Washington. — Préparatifs de défense.

Presqu'au bout du lac Ontario, entre l'ouest et le nord, s'élève une branche de montagnes; des forêts antiques la couvrent entièrement, sauf dans la partie qui, vers le sud, borne le lac. Cette partie offre une vallée arrosée par une rivière qui déborde à la fonte des neiges des contrées du nord; la largeur de la vallée dépasse deux milles, mais les eaux en ont adouci les pentes, et l'ont tellement unie dans ses parties basses, qu'on dirait que la main de l'homme l'a nivelée. Çà et là des peupliers poussent leurs têtes élancées dans les airs, des chênes, des bouleaux et d'autres énormes arbres y forment des groupes, on dirait des familles; la main de l'homme a mis en culture la partie moyenne que le débordement des eaux atteint rarement, et les parties basses forment de magnifiques prairies où les herbes croissent à hauteur d'homme; une immense et sombre ceinture de forêts couvre les parties les plus élevées, et protége la vallée des vents glacés du nord, des nuages humides de l'ouest, en laissant les chaudes haleines du sud, attiédies sur les eaux du lac, apporter leur humidité fécondante sur cet heureux coin de terre. Les bords du lac sont des rochers dentelés, dénudés par les pluies et très abruptes. Si les eaux ne s'étaient pas ouvert un passage entre ces rochers, la vallée eût été changée en lac, comme il s'en trouve tant dans cette zone du Nouveau-Monde, quoiqu'elle fût élevée de plus de trente pieds au-dessus du niveau de l'Ontario. C'est adossé à ces rochers, ayant à l'ouest la coupure faite par les eaux, que s'élève l'habitation d'Arville-Montaubert. La manière dont elle est construite prouve que ceux qui l'ont élevée connaissaient les dangers du voisinage des Peaux-Rouges, et s'étaient précautionnés contre eux et contre toute autre agression.

Des espaces creusés entre les rochers partout où la terre avait permis ce creusement, offraient des retraites sûres et qui ne donnaient aucune prise à l'incendie; habitations vastes, irrégulières, mais fraîches aux jours ardents et tempérées aux jours rigoureux de l'hiver. En avant de ces retraites s'élevaient des bâtiments, n'ayant qu'un rez-de-chaussée et un grenier élevé; la partie du devant se composait d'un mur en pierres et en terre, celle des côtés l'était en troncs d'arbres à peine dégrossis. Une cour immense, fermée des deux côtés par des bâtiments très bas, se trouvait sur le devant, limitée par une claire-voie, composée de troncs d'arbres. Au plus bas de la cour, et presque dans toute la longueur de la claire-voie, s'étendait une large nappe d'eau alimentée par un canal qui prenait les eaux à la partie la plus éloignée de la prairie, et les amenait en pente douce jusque dans la cour de l'habitation.

Au premier abord on eût pris cette nappe d'eau pour un réservoir destiné à l'abreuvement des bestiaux, et la chute sur un tronc creusé comme une source jaillissante, dont les habitants se servaient pour les besoins de la population. Mais en sondant la profondeur de cette nappe d'eau, en examinant les pieux aigus qui en garnissaient les bords intérieurs, on reconnaissait sur-le-champ que ce canal était une fortification assez difficile à emporter.

Un pont-levis tombait sur ce canal, à l'endroit où, se jetant au-dehors, l'eau allait remplir un canal extérieur qui se déchargeait dans la rivière; la continuation de l'enceinte de la cour se trouvait ainsi défendue par ce canal extérieur aussi garni de pieux aigus. Au centre de la cour s'élevait un bâtiment carré, peu étendu, mais dominant tous les autres bâtiments; le sommet en était garni de meurtrières, et une dizaine d'hommes pouvaient s'y tenir à l'aise.

Telle était l'habitation que Montaubert, l'armurier fugitif de Québec, s'était construite, à l'aide de son ami, le Normand sang-mêlé d'Arville. Ils l'habitaient depuis bien des années lorsque les Iroquois, guidés par leurs alliés les Anglais, vinrent saccager la mission du père Arnoul, située au haut de la prairie et sur la limite des forêts. C'est cet acte d'hostilité qui ramenait le capitaine Robert au milieu de sa famille.

Dans un appartement dont les deux fenêtres sont ouvertes au levant, un homme dans la force de l'âge est assis dans un vaste fauteuil doublé de peaux de bisons, et près de lui une femme déjà fort âgée, dont les cheveux blancs sont relevés en chignon sur la nuque, et surmontés de l'ancienne coiffure des femmes normandes de la côte de France, est assise et prête toute son attention aux récits de son fils; car cette femme est la digne et courageuse épouse de Montaubert, l'armurier de Québec, et celui qui raconte est son fils aîné, le capitaine des miliciens du Maine Robert Montaubert.

— Louis et Charles, disait Robert, sont restés au quartier général de Washington. Louis a été blessé, mais les soins ne lui manqueront point; nous avons tous fait notre devoir, ma mère, et le père Arnoul nous bénirait s'il était encore ici.

Madeleine Montaubert baissa la tête avec résignation.

— Il n'est plus parmi nous, mon fils, le ciel nous prive de cette consolation; mais ne m'as-tu pas dit que cet

Irlandais affirmait que les Iroquois ne l'avaient point massacré?

— Il l'a dit, ma bonne mère, et je songe aux moyens de le tirer d'entre leurs mains.

— Ah! si cela se pouvait, dit la mère en levant les yeux au ciel, mon fils, je mourrais tranquille; c'est lui qui m'a appris à recevoir sans murmure toutes les calamités que le ciel nous envoyait. Il me faisait entrevoir, au-delà de cette vie, une existence où la justice de Dieu nous récompense des peines souffertes ici-bas; car, nous disait-il, Dieu est juste, et ceux qui souffrent injustement sur cette terre recevront leur récompense dans un monde meilleur.

Vous et votre mari, vous avez toujours aimé la France. Elle fut la patrie de vos pères; vous n'êtes que des Français sur une terre qui fut nommée la Nouvelle-France, et vous avez voulu la conserver à la mère-patrie, Dieu vous récompensera de tous vos efforts, de toutes vos souffrances. C'est ainsi qu'il nous parlait, le saint homme, et nous ne l'avons plus quand les mauvais jours nous menacent encore!

Elle pencha la tête, la pauvre femme : celui qui avait soutenu son courage n'était plus là, et elle était abandonnée à la faiblesse de son sexe.

— Mère, dit Robert, le père Arnoul n'est pas mort, et puisque les Iroquois l'ont épargné aux premiers instants, ils ne le tueront pas quand il n'y a plus de résistance. Songeons aux dangers qui nous menacent.

— Les crois-tu aussi grands que ceux que nous avons déjà éprouvés? demanda la mère en tremblant.

— Ils pourraient l'être si nous manquions de prudence et de résolution; mais j'espère que le Buffle arrivera au quartier de Washington assez à temps pour que des renforts nous arrivent. Il faut trois jours au Buffle pour traverser l'espace que nous avons mis tant de temps à parcourir; les secours peuvent arriver avant la fin de la semaine. (Ils étaient au lundi.)

— Dieu t'entende, mon fils, fit la mère en se signant, nous avons déjà été tant éprouvés !

Trois hommes déjà fort âgés entrèrent : c'étaient le père Montaubert, d'Arville et l'Indien Chinkow. Ce dernier s'approcha du capitaine, et après un singulier examen de sa figure et de sa personne, il se mit à l'écart, en disant :

— Bon !

— Ainsi, ami Chinkow, vous trouvez l'état de Robert satisfaisant?

— Les blessures sont fermées, répondit Chinkow ; il faut faire du sang !

— Que penses-tu, frère, des indices du ciel? demanda d'Arville à Chinkow.

— Tempête, qui ne permettra pas aux Anglais de s'avancer sur le lac. Aucun canot ne pourrait se sauver.

— Mais ils n'ont pas de canots, les Anglais? dit Montaubert.

— Auraient-ils des navires de fer, dit Chinkow, la puissance du Grand-Esprit est supérieure à celle des hommes : ils seront engloutis dans les abîmes ou brisés sur les rochers de la rive. Quand le Grand-Esprit déchaîne les vents, la puissance des hommes est petite. Ecoutez, la voix du Grand-Esprit parle déjà dans les airs; les hommes ont-ils cette voix? Les eaux vont se soulever, se heurter, se pousser sous le souffle puissant. Que peut l'homme contre la force du Grand-Esprit?

La tempête débutait comme ces terribles ouragans si fréquents dans ces contrées, ouragans qui renversent des pans de forêts, et poussent les eaux jusque vers les nuages. Elle débutait par ce sifflement strident qui cause le frisson quand on sait le tumulte qui va le suivre. Cependant le lac semblait encore endormi, la rafale passait dans la moyenne région de l'air : la trombe se préparait.

— Un canot sur le lac ! cria un des serviteurs.

— Il est perdu s'il y reste dix minutes, dit Montaubert en courant à la fenêtre.

Un canot d'écorce nageait vers la côte avec rapidité ; le.

hommes qui le montaient comprenaient leur danger : courbés sur les rames, ils les poussaient avec vigueur et rapidité : le canot volait, mais le vent volait encore plus vite; une puissante rafale bondit du sud, souleva le canot et le lança à une grande distance, mais du côté de la rive.

— Ah! grand Dieu, ils sont perdus! s'écria Robert, qui s'était approché de la fenêtre. Mais que vois-je! un prêtre cramponné au canot!

Chinkow s'élança par la fenêtre, peu élevée au-dessus du sol, et arriva sur la rive, dont le canot renversé n'était plus éloigné que d'une trentaine de pas. Quatre Indiens montraient leurs têtes et leurs épaules au-dessus des lames, deux cherchaient à relever le léger canot d'écorce; Montaubert et d'Arville, avec plusieurs miliciens, se trouvèrent sur le bord, quand Chinkow, une main appuyée sur le canot et soutenant de l'autre le prêtre, suivait les autres Indiens qui nageaient vers la rive. Une seconde bouffée de vent jeta canot et naufragés sur le sable, d'où on se hâta de les enlever.

Le prêtre, que Chinkow n'avait pas lâché, semblait évanoui.

— Le Père, dit le vieux chef indien; Montaubert et d'Arville poussèrent un grand cri : c'était le père Arnoul.

On le transporta avec précaution dans l'appartement où se tenaient Madeleine et Robert. La bonne vieille ne poussa pas de cris, mais lui frotta les tempes, enleva ses vêtements mouillés, et lui prodigua des soins si intelligents que le Père poussa un faible soupir, puis ouvrit les yeux.

— Mon Dieu! mon Dieu! s'écria alors Madeleine, il vit, il vit.

Montaubert acheva d'enlever ses vêtements.

— Apportez-le dans ce lit, penchez-le sur le côté droit.

La bonne Madeleine, après avoir fait preuve de sang-froid, commençait à perdre la tête.

Tandis qu'on s'empressait autour du père Arnoul revenu de son évanouissement, Chinkow distribuait un peu d'eau-de-vie aux quatre Indiens, auxquels on ne faisait pas attention ; il leur donna d'autres couvertures et les fit asseoir devant le foyer de la cuisine.

— Mes frères sont arrivés, leur dit-il, qu'ils se reposent. Il ne leur fit aucune question, et s'assit à côté d'eux, le dos tourné au foyer et les regards fixés vers la fenêtre ; c'est qu'il était distrait par un spectacle aussi effrayant que sublime. Une grande trombe, en forme de pyramide, volait en tournant sur sa base au-dessus des eaux du lac ; des éclairs rapides se lançaient du sommet et crépitaient comme un incendie ; tout-à-coup elle s'abattit sur les eaux, les creusa, les souleva et les lança dans l'air avec le bruit d'une décharge d'artillerie. La violence du vent devint telle que les oreilles en bourdonnaient. Le lac sembla monter dans l'air, et une immense masse d'eau s'abattit sur les bâtiments, en écrasa les toitures et les remplit d'une véritable inondation. Il fallut se réfugier dans les appartements creusés sous les rochers pour ne pas être écrasé. Cette horrible tempête ne commença à se calmer que vers le soir, mais les eaux du lac bondissaient encore et rendaient des rauquements semblables à ceux que rendraient des centaines de bêtes féroces.

Presque toutes les toitures étaient enfoncées ou enlevées par les vents, les appartements inondés, la cour changée en lac, où flottaient toutes sortes de débris ; heureusement personne n'avait péri.

Chose incroyable et pourtant vraie, la violence des vents, en frottant les arbres les uns contre les autres, les avait embrasés, et çà et là dans la ceinture des forêts se voyaient des jets de flammes que la pluie, qui tombait à torrents, éteignait aussitôt. Tous les arbres isolés ou en petits groupes avaient été déracinés, lancés au loin, ou tordus et en éclats. De tous côtés des eaux se précipitaient des hauteurs dans la vallée ; ne trouvant pas une ouverture suffisante, et repoussées par celles du lac, elles couvraient toute la vallée, et commençaient à atteindre les habitations quand la tempête baissa, et que les flots du lac retombèrent et laissèrent un passage à l'inondation. De pareilles tempêtes sont indescriptibles.

Quand le jour suivant un soleil sans nuage se leva sur la vallée, elle présenta un spectacle désolant. Durant la nuit, les eaux avaient pu s'écouler dans l'Ontario, mais le bas de la vallée se trouvait encore inondé. Les parties abandonnées par les eaux se voyaient couvertes de troncs d'arbres, la plupart rongés de vétusté et entraînés par les eaux, mais la lisière présentait un spectacle plus désolant : des arbres jeunes et vigoureux se trouvaient couchés comme des morts sur un champ de bataille, les rameaux entremêlés, couverts de limon, formaient de véritables barricades; çà et là, partout où la trombe et les rafales avaient passé, de profondes éclaircies permettaient aux regards de pénétrer dans ces sombres forêts. Les cadavres d'une foule de petits animaux, d'oiseaux même, jonchaient le sol, ou étaient entraînés dans la vallée.

— La tempête a dirigé toute sa fureur vers l'est, dit Chinkow, les Anglais ne viendront pas.

Chacun s'est employé à réparer les désastres du jour précédent, et l'habitation était à peu près dans le meilleur état possible quand les principaux habitants se réunirent dans l'appartement où se trouvait le père Arnoul : celui-ci était complètement rétabli, mais la maigreur de son visage prouvait qu'il avait beaucoup souffert, depuis qu'il avait été enlevé de sa résidence. On voulait connaître les événements qu'il avait essuyés. Il parla ainsi :

— La nuit où les Iroquois surprirent la mission, je crus que Dieu avait fixé ma dernière heure et je me préparai à mourir. Autour de moi des cadavres, dont les têtes étaient dépouillées, des mares de sang, les crépitements de l'incendie, m'avaient pour ainsi dire ôté la faculté de penser. J'ignore ce qui m'arriva, je ne me trouvai en état de réfléchir que lorsqu'un canot m'emportait sur le lac. Il commençait à faire jour, et je vis des torrents de fumée monter dans le ciel, au-dessus du lieu où s'était accomplie la scène horrible qui m'épouvantait encore. Il y avait beaucoup de canots, dans plusieurs je distinguai des hommes blancs. Au lieu de traverser le lac, la flottille de canots se dirigea vers l'est, et quatre jours après nous entrâmes dans les eaux rapides et resserrées entre deux rives rapprochées : nous entrions dans le lac Erié. Je n'eus point à me plaindre des sauvages, je crois qu'ils me regardaient comme un sorcier et qu'ils me ménageaient par crainte.

Durant un assez grand nombre de jours, nous restâmes sur l'eau; les blancs quittèrent les canots à plusieurs comptoirs placés sur notre passage, mais on ne me permit point de descendre à terre. Nous arrivâmes aux Trois-Rivières : je savais que dans le voisinage devait se trouver une mission catholique, mais je ne pus obtenir la permission de m'y rendre, et je fus réellement emprisonné dans un canot.

Quand les sauvages qui me retenaient prisonnier descendirent à terre, je fus entraîné dans les forêts, et laissé au bout de trois jours dans un wigwam qui se trouva sur la route; il m'eût été impossible d'aller plus loin. La Providence me réservait cette consolation, plusieurs Indiens de ce wigwam étaient chrétiens. Ces pauvres gens firent pour moi tout ce qu'ils auraient fait pour un père; je leur fis part de mes aventures. Père, me dit un jour un de ces Indiens, tu regrettes ton troupeau, et nous, nous regrettons les Français, qui nous envoyaient des robes noires comme toi pour nous instruire et nous consoler.

— Veux-tu retourner là où tu as laissé les débris de ton troupeau, nous t'y conduirons et resterons auprès de toi?

— C'est bien loin, leur dis-je.

— Tu en es bien venu, me répondit-il, nous pourrons bien y retourner. Avec un bon canot, on va loin.

J'acceptai, et nous fîmes nos préparatifs de départ. Arrivés dans le lac Erié, nous le trouvâmes couvert de barques anglaises chargées de soldats. Mes amis me descendirent à terre, d'eux d'entre eux me conduisirent jusqu'au passage entre les deux lacs. Malgré leurs bontés pour moi, j'eus beaucoup à souffrir; les années m'ont enlevé les forces du corps; enfin nous arrivâmes au lac Ontario. Les deux autres Indiens nous y attendaient depuis plusieurs jours. Il fallut que la chasse nous procurât des provisions, mes amis allèrent chasser. Ce repos me remit un peu, et quand il fallut remonter en canot, je me trouvai plein de courage et d'espérance. Notre navigation a été lente, le vent nous était contraire, et chaque soir nous abordions pour passer la nuit. Quand nous arrivâmes à la hauteur de votre habitation, mes amis prévoyaient la tempête, mais ils espéraient traverser, avant qu'elle éclatât, la distance qui nous séparait de la rive du nord; vous savez comment la Providence nous a sauvés, et je lui dois toutes mes actions de grâce.

Montaubert et d'Arville songèrent à rétablir une résidence, à rassembler quelques Indiens qui avaient échappé au massacre des Iroquois, mais ils en furent distraits par des événements qui se succédèrent d'une manière étrange. Durant la tempête, alors que tous les esprits étaient tendus vers les moyens de se mettre à l'abri de ses ravages, l'Irlandais Mac-Intish avait pu se soustraire à la surveillance à laquelle il était soumis, sortir de l'enceinte des habitations, et lorsque le calme fut revenu et qu'on put se compter, on s'aperçut de son évasion. On crut généralement qu'il avait péri dans les forêts, et on plaignit une fin si cruelle; on n'y pensa plus bientôt. Plusieurs jours s'écoulèrent, autour des habitations tout reprenait son aspect ordinaire, et les habitants vivaient paisiblement, mûrissant leurs projets relativement au rétablissement de la résidence, quand le Buffle arriva du quartier général de Washington. Il était porteur d'une lettre qui les mit au courant des événements qui se passaient entre les parties belligérantes. Mais ce qui les intéressa le plus, ce furent les bonnes nouvelles de la santé des deux frères Louis; le blessé était à peu près rétabli, son frère Charles avait trouvé l'occasion de se distinguer; tout cela était raconté succinctement, mais la lettre s'étendait sur un autre sujet qui devait intéresser vivement les habitants de la ferme. « Le général en chef, disait la lettre, connaît les projets des ennemis, il sait que des troupes remontent les lacs pour cerner les Américains du côté des territoires du Maine. Cette diversion a pour but de frapper un coup décisif avant l'arrivée des secours qui sont attendus de France, et que La Fayette a annoncés dernièrement.

» Le général anglais Cornwallis a dressé un plan de campagne que Washington connaît et qu'il déjouera si les secours attendus de France arrivent à temps opportun; en attendant, les Américains redoublent d'efforts chaque jour voit arriver de nouveaux combattants de l'intérieur des territoires; tout s'organise pour la conquête définitive de notre indépendance. Le général nous a fait prévenir hier qu'il comptait nous envoyer à l'Ontario, avec un corps de deux cents hommes, tous d'origine française, et pris parmi les miliciens du Maine.

» Le Bufflo doit partir demain pour vous porter ces nouvelles; il est probable que nous le suivrons de près. Si vous êtes attaqués, faites une défense vigoureuse, rappelez-vous que vous êtes Français, que les Anglais vous ont dépouillés, privés de votre patrie et pourchassés comme des bêtes féroces. Tenez ferme, que la résistance dure quelques jours et nous arriverons à votre secours, etc. »

Ces bonnes et rassurantes nouvelles causèrent une grande joie aux habitants des bords de l'Ontario, surtout au capitaine Robert, qui n'avait pas oublié les promesses que La Fayette lui avait faites lorsqu'il avait eu une entrevue avec le major-général; mais cette joie fut un peu tempérée par d'autres bruits venus des hauts du lac et de l'intérieur des forêts. Les Indiens, excités par des agents anglais, se remuaient de tous côtés; oubliant leur ancienne animosité contre les Iroquois, ils paraissaient disposés à faire cause commune avec eux. La politique astucieuse des Anglais avait obtenu ces rapprochements entre nations ennemies, en faisant répandre chez les nations des Peaux-Rouges le bruit que l'Angleterre se contenterait, pour son commerce et ses relations avec les Indiens, des villes qu'elle possédait sur le Saint-Laurent, et de quelques comptoirs où les Indiens apporteraient leurs pelleteries et trouveraient les objets dont ils avaient besoin ; mais que cette même Angleterre était bien décidée à chasser toute autre nation, qui ne pouvait résider sur le continent américain qu'en enlevant aux légitimes propriétaires du sol le pays de leurs pères et les refoulant dans les contrées désertes de l'ouest. Des présents en fusils, tomahawks, couteaux, poudre, balles, et surtout en eau-de-vie, paraissaient avoir disposé les chefs indiens à écouter ces perfides discours, et à déterrer la hache contre toute nation que l'Anglais leur désignerait comme ennemie.

Mieux que personne, d'Arville, réellement enfant des forêts, comprit le danger qui pouvait fondre sur l'habitation du côté des Indiens; aussi conseilla-t-il de fortifier de plus en plus l'habitation et d'y entasser le plus de vivres possible.

Ces bruits furent confirmés par des chasseurs qui avaient parcouru les territoires indiens; un d'eux raconta que dans une petite peuplade des Saques, il avait rencontré un Européen, dont la description de la personne porta tous les habitants à croire que c'était l'Irlandais fugitif; ce soupçon fut entièrement confirmé quand le chasseur eut ajouté qu'il manquait à cet étranger un doigt à la main gauche, et que sa chevelure était d'un rouge ardent.

Ces chasseurs n'avaient rien appris du côté des Américains; seulement, dirent-ils, les Peaux-Rouges s'attendent à les voir chassés de l'Amérique et à rentrer en possession des territoires de leurs pères.

Il n'y avait plus de place au doute : presque toutes les nations sauvages allaient prendre fait et cause pour les Anglais, et les habitants des bords de l'Ontario pouvaient être attaqués du soir au matin, puisque l'Irlandais se trouvait chez les Peaux-Rouges. Quelques guerriers restaient encore au vieux chef Chinkow, ils avaient échappé avec lui au massacre des chrétiens de la mission; il les envoya parcourir l'espèce de péninsule formée par les lacs, et partit lui-même avec le Buffle pour joindre le plus tôt possible les secours envoyés par Washington et hâter leur arrivée. On chargea toutes les pelleteries dans une grande barque, et d'Arville, qui avait plusieurs fois négocié avec un comptoir anglais placé sûr le lac Erié, se chargea d'aller y porter ce chargement; six Indiens lui servirent de bateliers; leur présence devait moins exciter de soupçons que s'il eût été accompagné d'hommes blancs. Il restait à l'habitation les vingt miliciens du Maine, le capitaine presque rétabli de ses blessures, le vieux Montaubert et son fils le plus jeune. On pouvait aussi compter une dizaine de vieux Indiens catholiques; enfin, comme le danger le plus imminent ne pouvait venir que du côté des Peaux-Rouges, les éclaireurs envoyés par Chinkow se replieraient vers les habitations, en augmenteraient le nombre des défenseurs, et préviendraient de l'approche des ennemis.

C'était l'époque où les troupes de bisons descendent vers les lacs, et par conséquent celle où les Peaux-Rouges commencent leurs grandes chasses. Les miliciens voulurent les prévenir et abattre une certaine quantité de ces animaux, dont les chairs boucanées serviraient de supplément de provisions pour soutenir un siége, si le secours du camp américain n'arrivait pas à temps, et pour fournir des aliments aux soldats, qui feraient peut-être un long séjour aux habitations. Toute trace de la tempête avait disparu dans la vallée, mais les arbres renversés se voyaient encore sur la lisière des forêts. Montaubert en transforma une partie en pieux, dont le bout fut aiguisé : il en garnit le devant des palissades. Car, pensait-il, si l'ennemi vient les arracher, il sera à découvert, et nos carabines sont bonnes; s'il ne le fait pas et qu'il attaque durant la nuit, ces pieux seront toujours un obstacle qui les arrêtera quelque temps. Le brave vieillard était déterminé à la défendre, n'eût-il avec lui que ses deux fils et les vieux Indiens.

Au camp de Wellington, Robert avait vu l'effet des grenades dont La Fayette avait inventé la confection ; il s'employa à en façonner un certain nombre. Heureusement que leurs échanges de peaux leur avaient procuré une grande quantité de poudre et de plomb; ainsi, sous ce rapport, et tout cas arrivant, ils ne seraient pas au dépourvu. Dans la supposition d'une attaque de nuit, il disposa les grenades en dehors de la claire-voie, les relia par un conduit en bois creux et chargé d'une traînée de poudre communiquant à toutes les grenades. Ce genre de défense, inconnu aux Indiens, les épouvanterait, du moins il l'espérait, et leur ferait craindre de rencontrer de pareils projectiles à chaque pas. Si les dangers les entouraient, en gens de cœur ils se préparaient à les repousser vigoureusement. Tout le monde était plein de projets de défense, et disposé à bien faire son devoir; ce fut donc avec plus de calme qu'on ne saurait le supposer à des hommes dans leur situation, qu'ils attendirent les événements, quels qu'ils fussent.

CHAPITRE V.

Les bisons. — Les forêts pleines de Peaux-Rouges. — Singulière idée du père Arnoul. — Une illumination. — Ses résultats. — Retour du Buffle. — La vallée du marais. — Fuite des alliés des Anglais. — Mac-Intosh tué. — Arrivée de l'avant-garde des miliciens du Maine.

Les éclaireurs envoyés par Chinkow dans les territoires déserts qui séparaient les nations les plus voisines, étaient partis le mardi matin; ils revinrent le jeudi suivant, vers le soir. Après avoir rencontré quelques groupes de bisons, ils s'étaient trouvés en face de grandes bandes de ces animaux : elles se dirigeaient rapidement vers les lacs, signes presque certains qu'elles étaient poursuivies par des partis nombreux de chasseurs indiens. Avec leur perspicacité ordinaire, les éclaireurs avaient remarqué que les bandes suivaient toutes la même route; ils en conclurent qu'elles étaient pressées en arrière et des deux côtés, et que les chasseurs voulaient arriver après ces bisons dans le voisinage nord de l'Ontario. Ils savaient bien que c'était un stratagème employé par les guerriers des forêts pour tomber à l'improviste sur leurs ennemis.

Les miliciens restèrent dans les habitations les jours suivants, sans être tentés de donner la chasse aux bisons qui arrivaient par bandes déjà nombreuses. Selon son ancienne tactique, l'armurier Montaubert ne laissa paraître au-dehors aucun indice de défiance; il appelait ce stratagème faire le mort. Des sauvages pouvaient s'être aventurés entre les bandes des bisons, et de points couverts observer les habitations.

Le dimanche matin, le père Arnoul venait de célébrer la messe, à laquelle tous les habitants, sauf deux sentinelles placées au sommet de la tour, avaient assisté; quand ces sentinelles donnèrent le signal d'alarme, on courut aux armes sans précipitation, et chacun alla occuper le poste qui lui était assigné.

Des masses de bisons se précipitaient dans la vallée; mais dès qu'elles arrivaient au versant de l'est, elles s'arrêtaient indécises. Les unes revenaient en arrière, se jetaient à travers les troupes qui les suivaient; les autres, après avoir remonté vers le haut de la vallée, se rejetaient vers les bas-fonds, déjà encombrés, et augmentaient la confusion. A travers les meurtrières et du haut de la tour, les gens des habitations observaient sans y paraître ce qui se passait dans la vallée, mais ne pouvaient découvrir un seul chasseur. Cependant le retour des bisons vers le centre de la vallée leur prouvait que les cercles des forêts étaient garnis d'ennemis.

— Mon père, dit le capitaine Robert, je crois que les Peaux-Rouges gardent leur attaque pour la nuit.

— Si les bisons restent dans la vallée, répondit Montaubert, ils ne nous attaqueront pas, les monstres enragés qu'ils sont; la fusillade rendrait furieuse cette masse de bisons, et les ennemis seraient écrasés sous leurs pieds.

— Ce que vous dites est vrai, mon père; mais voyez donc, voilà un mouvement de fluctuation vers l'est, les bisons en trouvent les passages libres. Ces Peaux-Rouges espéraient que l'appât d'une chasse abondante nous attirerait hors des habitations; ils laissent les bisons s'échapper, c'est qu'ils veulent avoir l'espace libre. Nous serons attaqués cette nuit; les ennemis sont nombreux. Donnez moi la lunette, je vais monter dans la tour.

Arrivé à la plate-forme qui couronnait la tour, le capitaine Robert braqua la lunette aux meurtrières et parcourut d'un regard lent le pourtour des forêts, sans découvrir un seul être vivant. Cela ne suffisait pas pour l'induire en erreur; il continua son examen jusqu'à l'instant où le soleil baissant vers l'ouest n'éclairait plus que le versant oriental de la vallée.

Derrière les branchages des arbres renversés par la dernière tempête, il crut distinguer des corps mouvants; puis le nombre en augmenta. C'étaient des guerriers sauvages, quelques rayons du soleil couchant furent reflétés par leurs armes. Il rendit compte à son père de ce qu'il avait remarqué. Ils se tenaient alors dans un appartement où l'on n'attendait plus que le père Arnoul pour tenir conseil. Cet appartement servait d'arsenal, les fusils, les sabres et les couteaux-poignards, avec les munitions de guerre et de chasse, s'y trouvaient réunis.

Quand le père Arnoul entra, il était fort pâle.

— Mes amis, mes frères, leur dit-il, je vois que l'œuvre de la mort se prépare encore; avez-vous découvert des ennemis?

nous entourent en ce moment, répondit Robert, et nous serons probablement attaqués cette nuit.

Le père Arnoul réfléchit, et dit :

— Vous croyez, Robert, que ce sont les Indiens seuls?

— Tout me porte à le croire, mon père.

— Robert et vous, mes amis, vous savez que l'Indien cherche les heures sombres de la nuit pour surprendre ceux qu'il veut massacrer. C'est ainsi qu'ils nous surprirent, il n'y a pas longtemps.

Le bon père frissonna à ce souvenir.

— Eh bien! ôtons-leur cet avantage; tâchons d'empêcher une attaque prochaine, les troupes que nous attendons ne peuvent tarder à arriver, et les sauvages se retireront, et le sang humain n'aura pas coulé.

— Vous voyez bien, père, dit Montaubert, que ces enragés Peaux-Rouges ont tout calculé : la lune est nouvelle, le ciel chargé de nuages qu'aucun souffle ne balaie dans le firmament.

— Vous avez beaucoup de graisse, mon ami, rappelez-vous les illuminations qui dissipèrent, à Québec, les ténèbres de la nuit, pour célébrer la dernière victoire du vaillant Montcalm.

— Si je me la rappelle, dit l'armurier, j'étais encore jeune alors; les rues étaient éclairées presque autant qu'en plein jour, et la lueur des lampions se prolongeait sur les eaux du Saint-Laurent au point d'éclairer les navires et les barques qui étaient dans le port.

— Eh bien! illuminez votre tour, vos palissades, et les Peaux-Rouges n'oseront pas nous attaquer cette nuit.

Ce conseil approuvé, on se mit à fabriquer des lampions, et à en garnir le sommet de la tour et les bords des claires-voies.

Cette idée, qui doit paraître singulière, produisit un excellent effet sur les esprits et les disposa à la gaîté : au lieu d'attendre la nuit avec anxiété, tous semblaient se réjouir du spectacle qu'ils allaient donner pour la première fois aux Peaux-Rouges, et se figuraient leur stupeur et leur désappointement. Certainement les sauvages guerriers, ces démons des ténèbres qui les attendent pour propager le meurtre et l'incendie, ne se doutaient pas, des abris d'où ils observaient les habitations, du brillant spectacle que leur préparaient ces hommes qu'ils voyaient circuler le long des palissades et sur le plateau de la tour.

Le repas du soir, qui se prenait en commun, fut égayé de force plaisanteries, et on n'eût pu croire, en voyant des convives aussi gais, que le plus terrible, le plus féroce des ennemis, l'environnait du côté des terres, car la hauteur et l'escarpement des rochers mettaient les habitations à l'abri de l'attaque du côté du lac.

— Quel que soit le sort qui nous attende cette nuit, dit le père Arnoul, mettons-nous sous la protection de Dieu, et nous serons encore plus fermes.

Tous se jetèrent à genoux, le père récita à haute voix la prière du soir, et termina en priant Dieu d'étendre sa main puissante sur ceux qui allaient peut-être repousser la mort en la donnant eux-mêmes.

Chacun se rendit à son poste, s'enveloppa de couvertures pour se livrer au sommeil après avoir posé les sentinelles nécessaires à la sûreté des habitations. Ce n'est pas aux premières heures de la nuit que le guerrier indien fait ses attaques; c'est après le milieu, aux heures où le sommeil est le plus profond, qu'il se glisse auprès de ceux qu'il veut surprendre, et qu'il les massacre à coups de terrible tomahawk ou du couteau tranchant. Il attaque sourdement et frappe des coups muets.

Dans l'appartement réservé à la famille Montaubert régnait un profond silence, cependant quatre personnes s'y trouvaient réunies. Montaubert père était étendu dans un grossier fauteuil garni de peaux, sa longue canardière se dressait contre la muraille; il dormait, le brave vieillard. Plus près de la porte, aussi étendu dans un fauteuil, on voyait le capitaine des miliciens du Maine; on eût cru qu'il était aussi endormi sans les mouvements fréquents des muscles de son visage; près du foyer, la bonne vieille Madeleine dormait du véritable sommeil des justes; un chapelet à gros grains pendait à sa main droite, elle s'était endormie en priant Dieu d'écarter de sa demeure les malheurs qui la menaçaient. Tout près de la lampe de fer, dont la vive lueur éclairait l'appartement, le père Arnoul lisait son bréviaire et semblait très ému. L'attente du danger l'avait réuni ce soir-là à la famille Montaubert.

La petite horloge, chef-d'œuvre de l'armurier mécanicien, venait de faire entendre onze coups argentins : l'armurier s'éveilla, recueillit un instant ses idées, puis consulta le cadran; il fit signe au père Arnoul de rester muet. Il s'empara d'une petite lampe, dont la lueur ne pouvait se projeter qu'en avant, l'alluma, mit sa canardière sous le bras et sortit sans bruit. Il n'avait dit que ces mots au père Arnoul : « Il est temps, laissez-les dormir. »

Peu après, la plate-forme de la tour se couronna de feux resplendissants et jeta une vive clarté sur la cour, les bâtiments et la claire-voie. Peu à peu, une main invisible répandit la clarté le long de cette claire-voie, et un grand espace de la vallée fut éclairé. Tout s'était passé sans bruit, et comme par un coup de baguette magique.

C'était un peu avant l'heure choisie par les Peaux-Rouges pour tenter leur assaut nocturne; à la vue de cette illumination qu'ils voyaient pour la première fois dans les forêts, ils furent saisis d'une véritable stupeur et crurent, dans leur ignorance et dans leurs idées superstitieuses, que les esprits malveillants avaient allumé ces feux pour déjouer leurs projets. Ils restèrent immobiles, contemplant cette étrange illumination.

L'Irlandais Mac-Intish, qui avait amené les sauvages dans l'espoir de surprendre et de piller les habitations, partagea la stupeur de ses sauvages alliés. Etait-ce sorcellerie ou piége? Son esprit flottait entre ces deux suppositions, et finit par les adopter toutes deux. Il resta, comme les Peaux-Rouges, spectateur immobile et surpris de ce spectacle. Cependant les couteaux et les tomahawks étaient prêts, les carabines chargées, mais pas un seul Indien ne s'aventura dans la vallée, et la nuit s'écoula paisiblement. Au lieu d'une scène de carnage et d'incendie, ce fut un spectacle sans bruit, ayant les spectateurs les plus attentifs du monde. A l'orient les nuages se teignirent d'une faible lueur blanchâtre, puis d'une douce couleur de feu, puis enfin le grand astre inonda de ses rayons, qui buvaient les nuées, les forêts au sombre feuillage, la vallée solitaire et les bâtiments, dont l'illumination mourante pâlissait effacée par les rayons du soleil levant. Pas un seul Indien ne se montra dans la vallée; pas un seul bruit étranger aux forêts ne se fit entendre sous leur couvert. On eût dit la solitude, que les oiseaux seuls animaient.

Dans les bâtiments, le sommeil s'était emparé de toutes les créatures vivantes, deux ou trois sentinelles veillaient seules au sommet de la tour et dans les guérites de la cour.

Tout s'était passé si paisiblement qu'on crut que les Indiens ne s'étaient même pas répandus dans les forêts environnantes, et qu'on s'était laissé aller à une terreur panique. Le bon père Arnoul partagea cette opinion, et ne put s'empêcher de sourire, en disant :

— Nous sommes les premiers chrétiens qui ayons donné au désert le spectacle d'une illumination.

Le vieux Montaubert et son fils le capitaine, qui s'étaient d'abord montrés incrédules à cette opinion, commençaient à s'y ranger, quand on vit entrer le Buffle.

Personne ne le questionna, quoique tout le monde brûlât du désir de connaître les nouvelles qu'il apportait; mais chacun respecta les habitudes des Peaux-Rouges.

Quelques minutes s'écoulèrent en silence, enfin le Buffle s'approcha du père Montaubert, et lui dit :

— Tes fils viennent. Les Iroquois, les Sacques et la Tête-Rouge sont campés dans la vallée du Marais (c'était de cette vallée marécageuse que sortait le cours d'eau qui passait près des habitations).

Après ce peu de mots, le Buffle tira de la gaîne de son couteau un pli de papier et le donna à l'armurier.

Son fils Louis le prévenait qu'il avait devancé la marche de la troupe, avec cinquante hommes, ayant été informé que les sauvages étaient sur le sentier de la guerre.

Cette lecture faite à haute voix fit pousser un cri de joie. Le Buffle restait debout, le coude appuyé sur le canon de sa carabine, il dit :

— Et les ennemis sont à trois milles !

— Mon frère a raison de nous le rappeler, dit l'armurier, il ne faut pas trop s'abandonner à la joie quand on se sait près de si dangereux voisins. Dis-moi, ami Buffle (le sauvage aimait cette épithète qui désignait sa force), as-tu pu les compter ?

— Je réponds à mon frère, dit le Buffle : ils fourmillent dans la vallée. J'ai vu la Tête-Rouge à l'écart avec les chefs.

— C'est quelque machination qu'ils préparent, fit Montaubert. Mais Louis est bien près !

— Il passera dans le voisinage de la vallée, dit le Buffle.

— Je comprends ta crainte, dit le capitaine à l'Indien. Mon frère rencontrera les ennemis ?

— Oui, avant que le soleil soit au milieu de sa course, répondit le Buffle.

— Tu nous dis ce que nous devons faire, ami, et nous le ferons. Camarades, inspection des armes, nous partons dans une demi-heure.

Effectivement, les miliciens défilèrent rapidement dans la vallée et disparurent dans la forêt, guidés par l'infatigable Indien, qu'une marche de nuit n'avait point abattu.

Ils venaient de découvrir le sentier suivi par les Indiens dans leur retraite, lorsque le Buffle dit au capitaine :

— Fais arrêter tes guerriers, leur marche s'entend de plus d'un mille ; nous approchons de la vallée du Marais.

— Mais s'ils attaquent la faible troupe de mon frère par surprise, ils l'écraseront?

— Non, fit le Buffle; Chinkow est avec eux, et Chinkow a la sagesse du castor et la ruse du renard.

— Mais nous arriverons trop tard, mon ami le Buffle; tu as dit : ils se rencontreront quand le soleil sera au milieu de sa course, regarde où il est.

— Les guerriers de ton frère ont des carabines, nous les entendrons; Chinkow sait que nous serons derrière l'ennemi.

Ces raisons modérèrent l'impatience du capitaine : il commanda à voix basse une halte. Ils étaient arrivés sur les hauteurs d'où descend la vallée, mais les arbres étaient si serrés qu'il était impossible de voir au loin. Le Buffle s'était couché l'oreille contre terre, fermant l'autre avec le pouce; quand il se releva, il dit froidement :

— Les Iroquois ont aperçu les guerriers de ton frère, ils vont prendre leur poste d'embuscade; avançons, ils sont distraits.

Les miliciens se rangèrent dans le sentier et avancèrent en assourdissant leurs pas. Il ne s'était pas écoulé un quart d'heure quand une forte détonation roula sous le couvert des bois; des coups de fusil isolés y répondirent.

En avant! cria le capitaine, et tous, pressant le pas, s'avancèrent vers la vallée du Marécage.

Les Iroquois et les Sacques s'attendaient si peu à être attaqués par derrière, que les miliciens tombèrent sur eux, à demi-portée de fusil, et purent choisir leur but; ils ne firent qu'une décharge, et les ennemis semblèrent s'évanouir; comme des serpents ils se mirent à ramper d'arbre en arbre, à gagner le large et à fuir en désordre.

Le Buffle bondit en avant, et soulevant un cadavre, il dit avec orgueil :

— La Tête-Rouge! il avait effectivement abattu l'Irlandais, agent des Anglais et la cause principale de cette levée des boucliers des sauvages. Quinze cadavres restaient épars entre les arbres, presque tous atteints par derrière,

Dès que les deux troupes se furent réunies, elles se mirent à la poursuite des fuyards; mais comment les trouver dans ces dédales sans fin d'arbres et de lianes!

Un seul milicien avait été tué, trois autres blessés, parmi les nouveaux arrivés; ils furent transportés aux habitations.

Le reste de la troupe ne devant pas tarder à arriver, on prépara des logements aussi convenables que possible. Ces hommes avaient fait une marche longue et difficile; mais en Amérique tout s'improvise en un instant, et lorsque, le jour suivant le reste de la troupe arriva, tout était préparé pour les recevoir. Comme si la fortune voulait venir à leur secours, une bande égarée de bisons descendit dans la vallée et tomba sous les balles des miliciens. Les habitants de la ferme Montaubert purent donc recevoir leurs nouveaux amis et les traiter avec la somptuosité des déserts. La troupe se composait de près de trois cents hommes; après avoir nettoyé les territoires du nord de l'Ontario, elle devait, suivant les ordres de Washington, descendre vers le lac Erié, se joindre au major Dalmer et opérer une diversion des forces anglaises que Cornwallis concentrait, dans l'attente de l'arrivée d'un secours envoyé de la France. Le capitaine Robert, s'il était en état d'entrer en campagne, devait prendre le commandement de cette troupe, opérer une marche qui menacerait la frontière du Canada, puis rejoindre le major Dalmer, qui avait ses instructions particulières.

Il fallait quelques jours de repos aux miliciens, ce fut aux habitations qu'ils les trouvèrent; mais l'arrivée de d'Arville changea le plan de guerre, et les mit dans la nécessité de reprendre la campagne. D'après le récit de d'Arville, les Anglais du Canada affirmaient que la rébellion était battue sur tous les points, que la flotte française avait été dispersée, et que Washington était sur le point de déposer les armes.

Ces jactances n'avaient pas convaincu le métis normand; il avait examiné les mouvements des Anglais et croyait avoir reconnu qu'ils avaient l'intention de porter une force considérable sur le flanc des rebelles, de tomber sur les territoires du Maine et de la Pensylvanie. Grand nombre de longues barques se trouvaient, lors de son retour, déjà réunies sur le lac Erié, où des troupes nombreuses se rendaient du Bas-Canada.

Le capitaine Robert était un homme énergique et doué des grands talents militaires : il forma aussitôt le projet d'aller brûler les barques anglaises du lac Erié, de détruire les bandes qui se réunissaient sur ses bords avant leur entière réunion, et par conséquent de porter un coup sensible à l'ennemi. En opérant rapidement, il devait le surprendre : l'Anglais ignorait que le congrès eût des troupes dans ces territoires.

Laissant aux habitations tous les hommes peu en état de supporter une marche forcée, il prit tous les chevaux pour porter les bagages, et dès le jour suivant se mit en marche vers l'Erié. L'idée que La Fayette arrivait en Amérique avec des Français l'avait exalté; il rêvait déjà la délivrance de sa patrie, et trouvait dans ses espérances une force morale qui le mettait en état de supporter toutes les fatigues.

Chinkow et le Buffle restèrent aux habitations, qui n'avaient pas trop de défenseurs en cas d'un retour offensif des Indiens. Il fallut que la marche des miliciens fût bien rapide, puisque, malgré la longueur et les difficultés de la route, ils arrivèrent le quatrième jour, au point où l'Ontario se jette dans l'Erié, c'est-à-dire dans le voisinage de l'ennemi. Trois Indiens des habitations les avaient suivis; ils furent envoyés reconnaître les ennemis.

Si l'Anglais est bon soldat, à coup sûr il n'est pas expéditif; ce qu'une troupe française eût fait en un jour, les Anglais mirent six jours à le faire, quoique les officiers montrassent beaucoup d'empressement pour obéir aux ordres reçus.

Mais eux-mêmes ne voulaient pas s'engager dans une campagne à travers les forêts et des lieux déserts sans avoir accaparé tout ce qui pouvait concourir à leur bien-être, c'est-à-dire des tentes, des vêtements de rechange et surtout des provisions de bouche. Tout ce bagage nécessitait un nombreux et embarrassant attirail, et entraînait une grande perte de temps.

Le capitaine Robert apprit qu'ils étaient campés sur les bords de l'Erié, attendant sans doute que leurs préparatifs pour la campagne fussent faits. Le nombre des barques était considérable, dirent les éclaireurs, et il arrivait tous les jours de nouveaux détachements du Bas-Canada.

Si le capitaine Robert se fût trouvé en Europe, ayant la responsabilité de la troupe qu'il commandait, la résolution qu'il prit et qu'il exécuta eût été taxée de folle témérité. Mais il faisait la guerre des forêts, guerre d'embuscade et de coups audacieux. Il confia le commandement à ses frères, leur donna ses instructions et accommoda son vêtement à la manière des chasseurs des bois. Ensuite se faisant suivre d'un seul Indien sur l'intelligence duquel il comptait, il se présenta au poste le plus avancé des Anglais, et demanda à être conduit au commandant en chef.

— Qui es-tu? demanda le commandant, alors occupé à déjeuner, affaire toujours importante pour un Anglais; es-tu chargé d'une mission?

— Commandant, permettez-moi de vous adresser une question avant de vous répondre : Savez-vous qu'un Irlandais, privé d'un doigt à la main gauche, et nommé Mac-Intish, a été envoyé de Québec pour mettre les Peaux-Rouges des territoires de l'Ontario sur le sentier de la guerre?

Les Peaux-Rouges se sont réunis, et attendent qu'on leur indique la part qu'ils doivent prendre à cette guerr .

— Ah! fit le commandant, d'un air étonné et inquiet; on croyait là-bas qu'il avait péri; viens-tu de sa part?

— Nous nous sommes rencontrés, il y a neuf jours,

commandant, il est important de ne pas laisser sans but l'ardeur des sauvages.

L'Anglais réfléchit, porta un regard scrutateur sur le capitaine Robert, dont le calme fut admirable.

— Combien l'Irlandais a-t-il réuni d'Indiens? demanda le commandant.

— Je pense qu'en portant leur nombre de cinq à six cents, je ne m'éloignerais pas du chiffre véritable.

— Sont-ils bien persuadés que cette guerre leur sera avantageuse?

— Ils pensent, commandant, que toutes les forces anglaises sont engagées dans l'autre colonie; ils ne marcheront pas seuls. Voici un des leurs que l'on m'a donné pour compagnon; les sauvages sont rusés et défiants, je crois qu'ils l'ont chargé d'examiner les forces que vous allez employer dans votre expédition.

— Eh bien! fit l'Anglais, nous avons déjà assez de troupes pour rassurer les Peaux-Rouges; tu vas lui faire visiter le camp, ne lui fais grâce d'aucun détail, et surtout fais ressortir la belle tenue de ma troupe.

— William, dit-il à un grand gaillard qui se tenait respectueusement à l'ouverture de la tente, vous allez donner des rafraîchissements à ce chasseur et à son compagnon, puis vous viendrez prendre mes ordres.

Lorsque Robert et le Sauteur, surnom de son compagnon, sortaient de la tente, plusieurs officiers s'y rendaient; ils se rangèrent de côté et suivirent William, qui les introduisit dans une petite tente du vivandier, auquel il commanda de bien traiter les deux hommes que lui envoyait le commandant, puis se retira.

Cet homme, à la vue d'un chasseur et d'un Indien, fut pris de curiosité, et dit :

— Je le vois, vous arrivez des déserts. Eh! que s'y passe-t-il? On dit que les provisions ne vont pas nous manquer, car nous allons avoir les Peaux-Rouges pour pourvoyeurs.

Le capitaine Robert profita habilement de cette demangeaison de parler du gargotier, pour tirer de lui tous les renseignements qu'il pouvait lui donner; il avait à peine pris un léger repas lorsque William vint les chercher pour les promener dans le camp.

Pas un seul détail n'échappa au capitaine Robert, tandis que le Sauteur feignait, contrairement à l'habitude des sauvages, une admiration singulière à la vue de tous ces soldats bien nourris : il classait dans sa mémoire la position occupée par chaque compagnie; il observait les environs, les points où les postes étaient placés. Plus d'une heure fut employée à cet examen, puis vint celui des barques véritablement entassées dans une anse dominée des deux côtés par de hauts rochers. Quand il revint auprès du commandant, il savait tout ce qu'il voulait savoir. Celui-ci paraissait engagé dans une conversation fort animée avec les officiers; il fit à peine attention à Robert et à l'Indien. Ils se retirèrent, gagnèrent doucement le bord de l'eau et s'y établirent de la manière du monde la plus indifférente, dans un petit canot vide.

Si tout le camp n'avait pas vu ces deux hommes promenés par le valet du commandant en chef, peut-être que quelqu'un se serait formalisé du sans-gêne de leurs manières; mais, soit indiscrétion de William, soit bavardage du gargotier, on croyait généralement que l'Indien était un grand chef, député vers les Anglais, et que son compagnon n'était qu'un simple chasseur qui l'accompagnait en qualité d'interprète. Il y avait donc des curieux, mais ils ne se rendaient point importuns, et se contentaient de se dire : Voilà un chef indien. Le petit canot put donc circuler dans la crique, et les deux visiteurs examiner à loisir les grandes barques pontées des Anglais. Ils montèrent sur quelques-unes, à l'invitation de ceux qui s'y trouvaient : ils écoutèrent les explications qu'on leur donnait, et cette attention flattait singulièrement les matelots anglais. Une barque plus longue se trouvait fortement amarrée à la rive, et plusieurs soldats s'y tenaient en sentinelle; cela parut les étonner, puisque les autres n'avaient que des matelots sans armes. On se hâta de leur apprendre que cette grande barque était chargée de poudre et de balles, et qu'un accident pouvant s'y produire par inadvertance, son explosion ferait sauter toutes les autres barques, et, jetterait la destruction jusque dans le camp.

Les deux visiteurs redescendirent dans le canot, le poussèrent vers les rochers, et firent semblant de jeter des lignes dans l'eau. Cependant le soleil baissait, le tambour roula, et les soldats se réunirent à leurs points de campement. Sautant à bord des rochers, le capitaine et l'Indien s'éloignèrent en évitant les postes avancés; de retour auprès des miliciens, le capitaine composa une longue mèche d'amadou, tous en portaient pour allumer leurs pipes, cette grande consolatrice du soldat; ensuite il réunit une dizaine de grenades en boule, la lia fortement et en chargea le Sauteur.

— Ne reviens pas avec nous, dit celui-ci au capitaine, tu n'es pas assez souple, assez leste; mes deux frères à la peau rouge viendront, c'est assez. Si je ne reviens pas, tu diras à Chinkow que je suis mort en guerrier. (Chinkow était son oncle.)

Le capitaine lui donna ses dernières instructions, et les trois Indiens se rendirent au campement anglais. Il n'y a pas de ténèbres pour les Peaux-Rouges.

Le silence régnait sur les eaux couvertes du sombre manteau de la nuit; de rares lumières brillaient dans le camp, d'où s'élevait un bourdonnement presque insaisissable.

Les trois Indiens descendirent dans le canot, après en avoir enveloppé de chiffons les courtes rames; glissant entre les barques les plus avancées, ils vinrent se ranger à la proue de la barque chargée de poudre, et restèrent immobiles. Les pas de la sentinelle retentissaient sur le pont de la poupe; ils l'entendirent bâiller bruyamment: comme un véritable serpent, le Sauteur, à l'aide de l'épaule d'un des siens, saisit le bord, s'y hissa, et rampa jusqu'à l'échelle de la cale.

La sentinelle était à trois ou quatre pas de lui; dès qu'elle eut les talons tournés, il tira de sa ceinture une corne dans laquelle brûlait de l'amadou, alluma la mèche de sa bombe, et la descendit au fond de la cale. Puis se hâtant de se retirer, il se laissa aller dans la barque, qui s'éloigna vivement. Mais le bruit, moins dissimulé, fut entendu de la sentinelle; elle fit entendre le cri d'appel, et s'avança jusqu'à la proue; soit qu'elle distinguât, à travers les ombres, la barque qui fuyait sur l'eau toujours un peu réfléchissante dans la nuit, soit qu'elle entendît le bruit rapide des rames, elle fit feu, la balle se logea dans l'épaule d'un des Indiens. Ce coup de feu fut un signal d'alarme, le camp s'éveilla, les tambours firent entendre leurs roulements d'appel. Déjà les Indiens se trouvaient à terre fuyant à travers les hautes herbes, les broussailles et enfin les arbres des forêts.

Soudain une explosion semblable à celle de l'éruption d'un volcan mugit dans les airs; une brillante et rapide clarté traversa les ténèbres. Les trois Indiens s'arrêtèrent étourdis de cet épouvantable bruit, mais ce ne fut qu'un instant, et ils reprirent leur marche, en soutenant le blessé qui commençait à se sentir chancelant.

Un silence lugubre avait succédé à l'explosion, mais bientôt les airs furent déchirés par des cris perçants, qui les poursuivirent jusqu'au campement des miliciens.

Eux aussi avaient été épouvantés du bruit, qui fut entendu de plus de quinze milles au loin.

— Sauvés, dit le capitaine en revoyant les trois Indiens.

Le Sauteur lui dit :

— Mon frère, le tremblement agite mes membres : ç'a été terrible.

CHAPITRE VI.

Aspect du camp anglais. — Réunion avec le major Dalmer. — Retour au camp. — Déjeuner avec les officiers français. — Entretien avec Washington. — Mission. — Les nègres et les sauvages. — L'ours gris. — Meurtre de Joliba. — Fuite des Indiens. — Absence du Sauteur. — Retour. — Trophée sanglant.

Il faisait grand jour quand les miliciens, en bon ordre, arrivèrent sur le théâtre de l'explosion. Ils n'eurent que des prisonniers à recueillir et des blessés à soigner; les Anglais étaient encore plongés dans la stupeur.

Le rôle de l'humanité commença, et elle eut à s'exercer, l'humanité! Au bruit du coup de fusil tiré par la sentinelle, les soldats qui dormaient avec leurs habits s'étaient portés en hâte vers la rive du lac; l'explosion avait été si violente que tous furent renversés, ou écrasés par les débris des barques, ou étouffés par la violente dilatation de l'air. Le nombre de ceux qui ne l'avaient pas été suffisait à peine pour donner des soins aux blessés.

Il n'y eut pas de résistance tentée à l'arrivée des miliciens, mais tous parurent plongés dans un morne accablement et pour ainsi dire à demi anéantis.

Le capitaine fit recueillir toutes les armes, mit sous bonne garde les officiers non blessés, et employa le reste de ses gens à donner des soins aux autres; le désastre avait dépassé son attente, il se sentit le cœur brisé. Il se hâta de quitter ce champ de destruction, laissant les ennemis libres de pourvoir à leur retour dans les établissements anglais. Il n'emmena, comme prisonniers, que le commandant Cliffort et trois autres officiers.

Après quelques jours de marche vers l'est, ils rencontrèrent les éclaireurs du major Dalmer. Cet officier apprit le désastre des Anglais avec d'autant plus de satisfaction que, si le corps commandé par Cliffort eût pu opérer sur la frontière de la Pensylvanie, c'eût été un grave embarras pour les troupes du congrès que Washington cherchait à masser vers Rhode-Island, où l'on attendait la flotte de l'amiral de Grasse amenant un corps d'armée française commandé par le général Rochambeau et La Fayette.

Jetons un coup d'œil sur le théâtre de la guerre de l'indépendance.

L'amiral français comte de Grasse attendait à Lynn-Haven la réponse aux missions données pour les généraux américains; le 5 novembre, à huit heures du matin, sa frégate de découverte signala vingt-sept voiles se dirigeant vers la baie de Chesapeak. Un instant on crut que c'était l'escadre du comte de Barras; mais on reconnut bientôt que c'était l'escadre anglaise commandée par l'amiral Thomas Graves, ayant Samuel Hood pour vice-amiral, et Drack pour contre-amiral. De Grasse appareilla avec une étonnante célérité, et courut au-devant des Anglais. La bataille dura jusqu'à la nuit, et quoiqu'elle ne fût qu'une bataille d'avant-garde, les Anglais y furent fort maltraités. Durant quatre jours, de Grasse présenta inutilement la bataille; Graves refusa un nouvel engagement, en tenant constamment le vent.

Soupçonnant que la flotte ennemie voulait, à l'aide de manœuvres habiles, peut-être de quelque variation dans le vent, pénétrer dans la baie de Chesapeak, de Grasse y ramena sa flotte. Renforcé de l'escadre du comte de Barras Saint-Laurent qu'il trouva au cap Henri, il se mit, par un noble et généreux dévouement à l'intérêt commun, aux ordres du comte de Barras; celui-ci avait sur son escadre une bonne artillerie de siége, ses munitions de guerre et des vivres.

Lord Graves comprit qu'il ne pouvait plus aller au secours de Cornwallis. Alors les résultats du plan de campagne dressé par Washington, Rochambeau et La Fayette, se développèrent avec une admirable célérité. Il s'agissait d'investir York-Town et Glocester, où Cornwallis se fortifiait de plus en plus.

Dès le lendemain de la bataille livrée à la flotte de Graves, Washington et Rochambeau, par des marches savamment combinées, se trouvaient à l'embouchure de l'Elk, au fond de la baie de Chesapeak; leur armée s'embarqua sur des frégates et des transports fournis par le comte de Grasse, et se réunit, le 26 septembre, dans Williamsbourg, aux troupes commandées par La Fayette et de Saint-Simon.

Après une entrevue des généraux Washington et Rochambeau avec de Grasse, à bord de *la Ville de Paris*, pour concerter les opérations, cette armée, forte de quinze mille hommes, dont sept mille Français, vint investir, le 28 septembre, York-Town et Glocester; Cornwallis avait barré la rivière d'York avec des vaisseaux embossés ou coulés dans le chenal. Pour couper toute retraite aux Anglais, des vaisseaux français stationnèrent dans la rivière Jaune, au bas de celle d'York; ainsi toute retraite leur était fermée du côté de la mer et du côté de la Caroline du nord. Cornwallis se renferma dans York-Town avec une garnison de six mille hommes.

Tel était l'état des choses, lorsque se passèrent les faits, secondaires il est vrai, que nous avons précédemment rapportés, mais qui concouraient à la combinaison savante des généraux américains, qui avait pour but de cacher la marche des troupes, qu'ils conduisaient au siége de York-Town. Nous rentrons dans notre récit. Dès que les miliciens du Maine eurent rejoint la troupe du major Dalmer, et que les opérations dont celui-ci était chargé furent accomplies, ils se rendirent en hâte vers la baie de

Chesapeak, point de ralliement désigné par Washington ils ne purent arriver que le lendemain du transport des troupes américaines par les navires français; mais leur transport ne souffrit qu'un jour de retard, et ils arrivèrent au camp franco-américain vers le soir du deuxième. La fatigue, les privations de toute nature avaient épuisé cette petite troupe; cependant elle brûlait de prendre part aux premières actions du siége, et le capitaine Robert fut envoyé vers Washington pour rendre compte de leur expédition et solliciter l'honneur d'être placés aux premières lignes. Robert espérait obtenir une nouvelle entrevue avec La Fayette, lui rappeler ses promesses, et lui faire comprendre qu'il serait plus possible que jamais d'expulser les Anglais du Canada comme ils allaient l'être des Etats-Unis.

Quoique Washington fût absorbé par des calculs stratégiques qui le retenaient avec les généraux français, il n'eut pas entendu prononcer les noms de Dalmer et du capitaine Robert, qu'il sortit du conseil et fit introduire le capitaine dans sa tente.

Ce fut avec attention et un étonnement croissant de plus en plus qu'il entendit le rapport du capitaine Robert; la catastrophe éprouvée par les Anglais à la jonction de l'Erié et de l'Ontario le fit lever subitement, et adressant la parole au narrateur, il lui dit :

— Capitaine, vous avez rendu un service immense à la cause américaine, et les Etats vous en marqueront leur reconnaissance. Je comprends, mieux que personne, l'importance de cette défaite, et si j'ai quelque observation à vous faire, c'est de vous reprocher d'avoir aventuré la vie d'un homme tel que vous dans le campement anglais. Le commandant Cliffort est, je crois, parent de lord Cornwallis, je vous sais gré de l'avoir traité avec tous les égards que mérite un homme de sa distinction. Je ne puis vous accorder la place que vous demandez, pour vous et vos compagnons, dans le siége que nous allons entreprendre; le plan est dressé, les positions des troupes arrêtées, mais vous serez utilement employé dans une opération qui demande un chef aussi hardi qu'habile, et vous êtes ce chef, major Montaubert; le congrès ratifiera le grade que je vous donne aujourd'hui.

En sortant de sa conférence avec Washington, le major Robert chercha la partie du camp où se tenait le général La Fayette. L'armée, composée comme nous l'avons dit, de quinze mille hommes, forces considérables pour l'époque dans ces contrées, occupait des positions qui, quoique reliées entre elles, n'en étaient pas moins distantes. Le corps français qui formait à peu près la moitié de l'armée de siége se trouvait le plus rapproché d'York-Town avec le parc d'artillerie que les officiers étaient en train de mettre en batterie.

Enfin, il put rencontrer le major-général La Fayette : il revenait d'inspecter les points où l'on se proposait de placer des batteries de siége; plusieurs officiers français l'accompagnaient. A proprement parler, les miliciens du Maine ne portaient point d'uniforme : ils avaient adopté un vêtement convenable au genre de guerre qu'ils faisaient; il était plus commode que brillant. Tout capitaine qu'il était, Robert ne se distinguait que par un insigne porté au chapeau ; aussi les officiers français, aux brillants uniformes, regardaient-ils en pitié ces pauvres miliciens yankees, et souvent blessaient leur amour-propre.

Lorsque l'homme qui venait de recevoir une marque si flatteuse de distinction de la part de Washington s'approcha du groupe des officiers français, ceux-ci le remarquèrent à peine, et La Fayette, qui ne le reconnut pas aussitôt, se retourna avec froideur vers lui, demandant en quoi il pouvait l'obliger. Mais à peine l'eut-il examiné qu'il fit vivement un pas vers lui, et lui prenant la main, il se tourna vers les officiers, et leur dit :

— Messieurs, je vous présente le capitaine Montaubert; c'est à lui que j'ai dû quelques succès dans une bataille mémorable, je dois ajouter que je crois lui devoir la vie!

Tous les yeux se portèrent sur le capitaine Robert, dont on admira la haute stature, la figure froide et énergique; le piteux état de ses vêtements fut oublié.

— Messieurs, reprit La Fayette, qui avait passé son bras sous celui de Robert, la France doit s'enorgueillir d'avoir produit un tel homme, car monsieur Montaubert est Canadien, d'origine française; il a vu Montcalm, et je crois même a servi sous ses ordres; lui et sa famille comptent au nombre de ces héroïques Canadiens français qui ont disputé aux Anglais leur conquête, plusieurs années après qu'elle était assise et abandonnée par la France. Nous aurons le plaisir de déjeuner avec monsieur le capitaine Robert.

Le capitaine savait mieux agir que parler; il parut confus des éloges du major-général, mais celui-ci avait trop de savoir-vivre, trop de cette aimable urbanité française pour ne pas mettre à l'aise le capitaine Robert. Le bras toujours passé sous son bras, il se rendit à sa tente où les attendait un excellent déjeuner; les airs de supériorité avaient disparu, les convives du major-général s'empressèrent de montrer toute espèce de déférence à l'homme que le général honorait de son amitié et de son estime, et le brave Robert se trouva bientôt dans son élément : on parlait guerre.

— Messieurs, s'écria le comte de Saint-Simon en entrant dans la tente, je vous apporte une nouvelle qui va me faire bien accueillir. Savez-vous, marquis, que nous avons dans notre camp le neveu ou le cousin du terrible Cornwallis? un des plus audacieux coups de main l'a défait sur le bord des lacs du sud, et le hardi chef qui nous a rendu un si important service vient de nous amener le lord Clifford prisonnier.

Ce fut une acclamation générale; le capitaine Robert seul n'y prit point part.

— Sur les bords des lacs, dit La Fayette! mais je crois, monsieur Montaubert, que vous aviez été envoyé de ce côté?

— C'est vrai, fit le capitaine Robert avec calme.

— Avez-vous des détails sur cette brillante affaire ? demanda La Fayette.

Tous les regards se portèrent sur lui.

— Brillante affaire, fit le capitaine Robert d'un air triste ! Oui, elle fut brillante, mais un seul instant : plus de dix milles à la ronde en furent éclairés. J'étais à environ un mille, l'éclat de l'explosion nous fit tous tressaillir et frissonner, et l'homme qui venait d'incendier, ou plutôt de faire sauter les chaloupes anglaises, me dit en revenant :

— Mon frère, je tremble dans tous mes membres ; et ce homme était pourtant de ceux qui tremblent rarement : c'était un sauvage, un Peau-Rouge.

Alors, à la demande des convives, le capitaine Robert fit le récit détaillé de cette catastrophe qui avait écrasé les Anglais sur les bords de l'Erié.

Peu à peu il s'était animé en continuant son récit ; sa parole simple d'abord, mais répétant les idées si pleines d'images des habitants des forêts, devint vraiment éloquente ; on l'écoutait avec étonnement ; cet étonnement devint bientôt presque de l'enthousiasme, quand il ajouta :

— Si les troupes que commandait le major Dalmer eussent été présentes, si je les avais eues sous mes ordres, j'aurais marché sur Québec, et peut-être, avec la protection du ciel, avec le secours des nombreux partisans que conserve la France dans le Bas-Canada, et les bonnes carabines de mes compagnons, peut-être que j'aurais rendu à la patrie de mes pères ces belles et vastes contrées qu'ils avaient les premiers habitées, où ils avaient porté la première civilisation, et que la lâche et perfide Angleterre lui a enlevées contrairement aux droits des nations. La France envoie ici ses guerriers pour accomplir une œuvre d'émancipation, de délivrance ; n'en a-t-elle point pour délivrer ses propres enfants de l'oppression anglaise ?

Il y eut un silence, silence expressif; tous les hommes d'élite qui venaient d'entendre la voix du partisan canadien sentaient la faute honteuse commise par la France lorsqu'elle avait abandonné le Canada, et tous partagèrent les élans du capitaine Robert. Peut-être cette chaleureuse excitation eût-elle produit des résultats auxquels l'Europe ne s'attendait point, si les événements qui suivirent n'avaient pas donné un autre cours à la marche des affaires américaines.

Le capitaine Robert avait tellement grandi dans l'estime des convives, que tous se montrèrent empressés de lui témoigner une franche et loyale considération.

Ce que nous venons de raconter se passa dans la matinée du 4 octobre. Le 5 au matin, Robert eut une longue entrevue avec le major-général La Fayette.

— Vos paroles, monsieur Montaubert, lui dit La Fayette, ont été l'objet d'un long conseil entre nos amis et moi; si la cour de France ou des événements postérieurs ne viennent point déranger nos projets, nous désirons tous mettre à exécution vos vues patriotiques. Il faut que vous nous prépariez le terrain; le général en chef Washington va mettre sous vos ordres un corps considérable de miliciens, à la tête desquels vous opérerez dans la Caroline du nord et vers les lacs Ontario, Erié et Huron. Tout en chassant les Anglais de quelques forts qu'ils occupent dans ces territoires, tâchez de vous ménager des amis le long du Saint-Laurent, dans Québec même et dans Montréal. La guerre de l'indépendance doit se terminer à la prise d'York-Town; le siége ne peut pas être de longue durée, et alors les troupes françaises et les deux flottes pourraient se diriger vers le Saint-Laurent. Si les forces anglaises trouvent assez d'occupation vers le haut du fleuve, nous emporterons Louisbourg, et le Canada redeviendra bientôt français. Le général en chef vous a nommé major, vos frères serviront sous vos ordres en qualité de capitaines; vous êtes le seul homme qui puisse mener cette tentative à bonne fin; comptez sur l'appui de tous mes honorables amis et combattons pour la France.

Aux miliciens du Maine, on joignit ceux de la Pensylvanie, qui n'étaient pas employés déjà au siége, et ce fut avec une force de huit cents hommes que le major Robert fut envoyé chasser les Anglais de la Caroline du nord, avec mission secrète de se rapprocher le plus qu'il pourrait du fleuve Saint-Laurent, de préparer les colons français à seconder l'expédition projetée de chasser les Anglais du Bas-Canada, et de toutes les villes et forts qu'ils occupaient sur le Saint-Laurent. Il se trouvait en état d'entrer en campagne le 6 octobre, et ce fut au bruit de l'artillerie qui battait les remparts d'York-Town, qu'il se mit en route le 7 octobre, au lever du jour.

Le major Robert avait visité les ouvrages d'attaque, le 5, dans le courant de la journée; un jeune officier attaché à La Fayette l'accompagna dans les tranchées, et lui donna toutes les explications désirables, car le major n'avait jamais fait que la guerre des forêts.

— Je viens de voir, se dit Robert, tout ce que l'art de la guerre a inventé pour la rendre meurtrière; mais dans ces soldats si bien disciplinés, je ne remarque qu'une obéissance passive; le chef est tout, et le soldat n'a pas lieu de se livrer à sa spontanéité. Je préfère la guerre des forêts, l'homme y est homme, et cela convient mieux à ma nature!

C'est en faisant ces réflexions qu'il arriva à son quartier, où déjà les miliciens se trouvaient préparés au départ. Comme nous venons de le dire, il eut lieu le 7 au matin, quand le canon d'York-Town répondait vigoureusement à celui des assiégeants.

Parmi les miliciens se trouvaient cinq nègres affranchis; le chef indien qui servait, avec quelques guerriers de sa nation, dans l'expédition des miliciens, mais en qualité d'éclaireur, avait pris ces nègres en si profonde aversion qu'il déclara au major Robert que si ces peaux noires se trouvaient en contact avec ses guerriers, il en résulterait malheur.

Dans les expéditions de la nature de celle dont le major se trouvait chargé, les Indiens fidèles rendent les plus grands services; aussi le major, ne voulant pas contrarier ces hommes farouches, eut-il le plus grand soin d'éloigner les nègres quand les Peaux-Rouges venaient lui faire leur rapport. Par un contraste assez singulier, les trois Indiens qui l'avaient accompagné depuis son départ de l'habitation de son père, et notamment le Sauteur, s'étaient épris d'amitié pour les noirs. Il fallut donc employer ces trois Indiens d'un côté opposé à celui où se trouvaient les autres.

— Je veux instruire les peaux noires, lui dit le Sauteur; ils marchent lourdement, mais leurs jarrets et leurs bras ont la force du chêne. Ils ne se cacheraient pas devant l'ennemi; j'aime les bons guerriers; nous ferons une petite bande à part, et le chef sera content.

C'était ce qu'il y avait de mieux à faire, car les haines des Indiens sont impérissables, et d'autant plus dangereuses qu'ils savent les dissimuler. Mais le major ne prévoyait pas que le moindre incident dérangerait toutes ses mesures. Il s'en produisit un de cette nature dès le second jour de marche, les territoires qu'ils traversaient étaient peuplés, et partout la troupe se trouvait accueillie et abondamment fournie de vivres. Comme la marche se faisait en pays ami, les précautions militaires n'exigeaient pas, de la part des éclaireurs, une précaution aussi active qu'en territoire ennemi; les Indiens se trouvaient donc fréquemment dans le voisinage de la troupe, et avaient l'occasion de satisfaire leur passion pour l'eau-de-vie. Ils devaient passer la nuit du second au troisième jour de marche dans un grand village nommé Horsrigd; comme toujours, le petit poste indien se tenait à l'écart, ne pouvant se conformer aux habitudes des miliciens. Le chef indien, qu'on désignait sous le nom de l'Ours-Gris, soit hasard, soit préméditation, se rapprocha du poste où se trouvaient les nègres et leurs trois amis les Peaux-Rouges. Un des nègres, nommé Joliba, avait probablement fait la maraude, et se trouvait en possession de plusieurs gourdes pleines d'eau-de-vie; en bon camarade, il en régalait ses noirs compatriotes et ses amis les trois Peaux-Rouges. L'Ours Gris vint s'asseoir sur ses talons, auprès du groupe joyeux, il ne prononça pas un seul mot; son visage était sombre, le Sauteur lui dit :

— Que mon frère goûte à l'eau-de-feu.

— C'est bon, fit le farouche Indien!

Le Sauteur lui présenta une gourde, l'avide Indien la porta à ses lèvres et acheva de la vider; c'était plus qu'il n'en fallait pour lui faire perdre la raison. Aussi ses yeux commencèrent-ils à rouler sous ses épais sourcils d'une manière effrayante. Il voulut se mettre sur ses jambes, mais elles fléchirent sous le poids du corps, et l'ivrogne alla tomber sur Joliba, qui, assis sur son sac, vidait de son côté le contenu d'une des gourdes. Se croyant assailli par cet Indien dont il connaissait la haine, et ayant la tête exaitée par la boisson, il fit un bond sur le sauvage, le saisit à la gorge et le secoua vigoureusement : le Sauteur se rappela qu'il était du sang des Peaux-Rouges, il arracha le chef indien des mains de Joliba, et se mettant à distance, il tira son long couteau. A cette vue, Joliba oublia sa colère, celle des noirs n'est pas persistante, et s'approchant du Sauteur, il lui dit :

— Camarade, pourquoi veux-tu me tuer?

Il avait à peine prononcé ces mots, que l'Ours-Gris lui enfonça son couteau dans la poitrine et l'étendit à terre. Les quatre autres noirs, interdits un instant, mirent bientôt le sabre à la main et se lancèrent sur les deux Peaux-Rouges. Joliba s'appuya sur le coude, et cria :

— Non, pas le Sauteur, il est ami; l'autre, l'autre, tuez-le.

Par bonheur, des miliciens accoururent et arrêtèrent la lutte. L'Ours-Gris disparut. Le Sauteur restait debout, immobile; son œil creux était fixé sur Joliba étendu dans une mare de sang.

— L'Ours-Gris est un chien, dit-il en ramenant sa couverture sur ses épaules; Joliba est bon; je ne l'aurais pas tué.

Cette malheureuse aventure avait attiré grand nombre de miliciens autour du blessé, et comme cela arrive toujours dans de pareils concours fortuits, les sauvages furent accusés de vouloir assassiner les miliciens, quoiqu'il n'y eût eu qu'un noir de blessé, et la colère exaltant les têtes, on cria qu'il fallait se débarrasser de l'assassin. Ils coururent au petit campement indien avant que le major eût connaissance de ce qui se passait, et tandis que le pauvre Joliba expirait entre les bras de ses frères noirs et des trois autres Indiens, qui, probablement, désapprouvaient l'Ours-Gris.

Par hasard le major Robert faisait une ronde : il rencontre l'attroupement, se fait expliquer le fait, et calme les miliciens.

La nature farouche des Peaux-Rouges lui était trop bien connue pour qu'il ne fût pas inquiet au sujet des suites que pouvait avoir ce meurtre; mais il ne jugea pas opportun de faire arrêter l'Ours-Gris à l'instant où l'exaltation de la vengeance le rendait intraitable. Il se rendit auprès des noirs, et apprit du Sauteur la vérité, que la colère et l'indignation des miliciens avaient beaucoup altérée.

Durant ce temps-là, le bruit du meurtre du noir courait dans tout le camp; les suppositions les plus exagérées, les plus invraisemblables, furent accueillies sans examen. Ces sauvages, disait-on, sont les alliés des Anglais, qui les payent pour nous trahir. Peut-être nous conduisent-ils dans une embuscade, d'autant plus facile à bien dresser que notre marche sera réglée par eux, dès que nous quitterons les territoires habités, etc.

Ces suppositions acquirent bientôt une véritable consistance; un habitant du pays, qui revenait de Philadelphie, assurait avoir aperçu, se dirigeant vers le sud, une troupe nombreuse de cavaliers anglais. C'en fut assez pour faire croire que cette troupe était en marche pour les sur prendre et les tailler en pièces. Une grande rumeur régnait dans le camp; le major Robert crut devoir réunir les officiers, afin de se concerter avec eux au sujet du mécontentement qui commençait à se manifester.

Il fut convenu de camper encore quelques jours autour du village, et d'envoyer une reconnaissance dans la direction indiquée par l'homme qui avait découvert un parti de cavalerie ennemie; en outre, on envoya un fort peloton entourer le petit camp des Indiens; il revint bientôt, et annonça que les Peaux-Rouges avaient disparu, et qu'on ne savait de quel côté ils s'étaient dirigés. Tout semblait donc confirmer les soupçons et les suppositions.

Le major Robert fit placer des sentinelles avancées, et prit toutes les mesures que l'on prend dans le voisinage de l'ennemi, puis se retira dans l'habitation du colon qui l'avait accueilli. Il manda le Sauteur; l'opinion de ce sauvage lui paraissait la plus sûre à adopter. On vint lui apprendre que le Sauteur et ses deux camarades avaient aussi disparu.

Cette nouvelle le surprit au-delà de toute expression; le Sauteur et ses deux amis lui avaient toujours montré une fidélité et un dévoûment incroyables.

— Pourquoi s'éloignaient-ils de lui, quand le Sauteur lui-même avait dit que l'Ours-Gris était un chien? (C'est le grand terme de mépris des Indiens.)

Le major Robert n'était point accoutumé aux perfidies ni aux trahisons; la droiture de son esprit ne pouvait le porter à croire que le Sauteur l'eût trahi et fût le complice de l'Ours-Gris; mais il ne pouvait s'expliquer son éloignement que de la manière dont tous l'expliquaient : le Sauteur était aussi un traître!

Préoccupé de ces tristes réflexions, il craignait que les trois déserteurs ne se rendissent à l'habitation de son père, et, de concert avec la troupe de l'Ours-Gris, ne la missent au pillage. Il faisait nuit, et la nuit assombrit encore les idées; ne pouvant dormir, il alla faire une ronde dans le campement; ses deux frères l'accompagnaient.

Déjà ils atteignaient les dernières tentes, et se disposaient à s'avancer jusqu'aux sentinelles, lorsque son frère Louis lui mit la main sur le bras, et lui dit à voix basse :

— Je crois avoir aperçu des hommes qui se glissaient derrière ce buisson.

Ils prirent leurs armes à la main et s'avancèrent vers le lieu désigné. A peine avaient-ils fait quelques pas qu'un homme sortit de son abri, s'avança lentement, et dit :

— Frère Montaubert, me voici. C'était le Sauteur.

Les deux autres Indiens se montrèrent aussitôt.

Le major, tenant toujours son pistolet à la main, lui répondit :

— Que mon frère avance, s'il est ami.

Le Sauteur avança, et se trouvant à deux pas du major, il leva la main droite en l'air, en disant :

— L'Ours-Gris.

Il tenait, pendue à cette main, la chevelure sanglante de celui qu'il venait de nommer.

— Il a tué Joliba, dit-il, sans que sa voix marquât la plus légère émotion, le Sauteur l'a scalpé.

— Viens, dit le major, je te reconnais pour mon frère; mais pourquoi, au commencement de la lutte, as-tu pris le parti de l'Ours-Gris?

— L'eau-de-feu avait troublé l'esprit de l'Ours-Gris, Joliba le frappait. Mais Joliba avait aussi bu l'eau-de-feu; ils avaient perdu tous deux l'esprit. L'Ours-Gris a commis une lâcheté, le Sauteur a vengé Joliba.

La nature du sauvage se peignait dans ces courtes réponses.

Dès qu'ils furent dans la chambre du major, celui-ci dit au Sauteur d'éloigner de ses yeux ce trophée sanglant, et lui demanda le récit de son expédition.

— J'ai compris, répondit l'Indien, que l'Ours-Gris méditait la trahison, et je ne l'ai plus reconnu pour mon frère; Joliba avait toujours été un bon camarade, il portait mes vivres; Joliba devait être vengé ; il l'est, son esprit doit être satisfait.

Le major ne chercha point à lui donner d'autres idées; l'Indien, sur cet article, n'en change jamais; il le questionna au sujet des troupes anglaises dirigées vers le sud. Le Sauteur parut plongé dans une profonde réflexion : le major attendit sa réponse avec le calme d'un homme habitué à vivre parmi les sauvages.

— Que mon frère, dit le Sauteur, attende encore ici deux jours, et il saura ce qui est vrai.

— Mange, et dors, ami Sauteur, demain tu seras fort et vigoureux.

— C'est bon, dit l'Indien; et sans cérémonie il s'empara des mets étendus sur des planches contre la muraille (c'était alors une habitude des habitants de la campagne en Amérique), puis, s'enveloppant de sa couverture, il s'étendit dans un coin de l'appartement, où il s'endormit aussitôt.

Quand le major s'éveilla, les trois Indiens étaient déjà partis; il fit connaître à ses officiers son entrevue avec le Sauteur, et put leur montrer la chevelure sanglante de l'Ours-Gris, qui restait suspendue contre la muraille.

Cependant les plus grandes précautions furent prises pour prévenir une attaque, et des postes furent multipliés autour du campement. C'est que de tous côtés arrivaient des nouvelles contradictoires. Les unes représentaient les Anglais, en forces supérieures, entourant les troupes franco-américaines; les autres, au contraire, affirmaient que York-Town et Glocester, assiégées étroitement, ne tarderait pas à se rendre.

Dans cette incertitude, le major Robert ne voyait que l'ordre qu'il avait reçu de Washington, et songeait à se rendre au plus tôt vers les lacs désignés.

CHAPITRE VII.

Prise d'York-Town et de Glocester. — Enthousiasme des colonies. — Ordre de Washington au major Robert. — Retour aux habitations de l'Ontario. — Préparatifs pour une nouvelle émigration dans le Massachussets. — Peter-House. — Don national. — Etablissements. — Développements rapides. — Il devient la ville industrieuse de Lowel. — Retraite de Chinkow. — Mort des époux Montaubert.

Le 20 octobre 1781, une nouvelle, rapide comme l'éclair, courut dans toute l'étendue des Etats-Unis; de tous les points habités, des hommes transportés d'enthousiasme couraient la répandre dans les lieux voisins : c'est que cette nouvelle annonçait l'indépendance définitive des colonies américaines. York-Town et Glocester avaient capitulé; malgré son énergie, malgré son habileté militaire, lord Cornwallis avait été forcé de capituler et de se rendre prisonnier de guerre, avec les deux garnisons et tous les navires qui se trouvaient dans les rivières James et York.

Une immense acclamation de joie retentit dans le camp; et le cavalier porteur de cette nouvelle remit à Robert un pli du secrétaire de Washington, ainsi conçu : « York-» Town, Glocester et la flotte des deux rivières sont tom-» bées en notre pouvoir. Suspendez votre expédition; » évitez toute rencontre avec l'ennemi. »

Le major, tout en partageant la joie générale, songea aussitôt à poursuivre son plan. Le moment de délivrer le Canada de la domination anglaise lui parut arrivé; il rebroussa chemin : il fallait profiter des élans de l'enthousiasme, de la présence des Français, de la capture des navires ennemis, et enfin du coup terrible qui frappait l'Angleterre ; ses vaisseaux se trouvaient sur les côtes de l'Amérique, la flotte française les tiendrait en respect, et un corps de cinq à six mille hommes emporterait Louisboug, et le Canada se soulèverait en masse, et la France reconquerrait sa colonie. Toutes ces idées, toutes ces espérances exaltaient le patriotique esprit de Montaubert. Il voulait revoir La Fayette et lui rappeler ses promesses, en lui faisant comprendre que l'heure de la délivrance avait aussi sonné pour le Canada.

Ce fut donc à marches forcées qu'il ramena sa troupe vers la baie de Chesapeak. Là était le ralliement des troupes américaines.

Il est certain que, si les troupes françaises alors en Amérique, sous la conduite de généraux expérimentés, avaient marché à la conquête du Canada, en s'embarquant sur les trente navires pris aux Anglais dans les rivières d'York et de James, et secondées par la flotte du comte de Grasse, le Canada eût été emporté dans une courte campagne. On ne saurait se faire une idée des résultats que la défaite de Cornwallis préparait dans ces contrées, dont les trois quarts des habitants étaient d'origine française, et détestaient leurs oppresseurs. Mais il ne fallait pas laisser respirer la Grande-Bretagne. Elle est patiente, tenace, et sait équiper en peu de temps des flottes redoutables.

Le major oublia le Sauteur et ses deux camarades ; il ne respirait plus que pour hâter l'accomplissement du rêve de toute la vie de son père et de la sienne. Sans l'ordre de Washington, il eût poursuivi sa marche vers les lacs, et peut-être tenté un coup audacieux ; mais il devait obéir, et d'ailleurs pouvait-il compter sur le concours des miliciens quand leur patrie venait de conquérir son indépendance ?

Les contrées qu'ils eurent à traverser étaient en fête,

comme toujours, dans les guerres civiles, les partisans connus des Anglais étaient molestés, souvent chassés de leurs demeures; à côté des transports de joie, la douleur, les larmes et quelquefois le désespoir Malgré sa haine contre les Anglais, la nature généreuse du major fit qu'il prit sous sa protection bon nombre d'Anglais poursuivis pour leur fidélité à la mère-patrie, et il s'aliéna quelques officiers vindicatifs et exaltés par le triomphe de leur cause.

Plusieurs jours se passèrent avant qu'il pût aborder La Fayette. Il allait à lui le cœur plein d'espérance, il s'en éloigna le cœur navré. Voici en somme ce que lui répondit le major-général : « Personne n'apprécie mieux que moi » vos intentions et votre dévouement à la France, mais le » général Rochambeau commande un corps de troupe qui » était destiné aux Etats-Unis; il a rempli vaillamment sa » mission et ne se reconnaît pas le droit de donner à son » corps d'armée une nouvelle destination sans l'ordre du » gouvernement français, surtout quand une attaque con» tre le Canada mettrait obstacle à la reconnaissance des » Etats-Unis et à une paix que nous devons tous désirer. » Je lis votre douleur sur votre visage; je la partage, car » ce que vous avez proposé, ce que j'ai accepté avec joie » n'est plus réalisable aujourd'hui. Washington a trop à » faire encore pour organiser la nouvelle république, et il » s'opposerait, j'en ai la certitude, à tout concours de la » part des Américains. »

Deux grosses larmes roulèrent sur les joues bronzées du fils du vieux Montaubert : La Fayette en fut touché.

— Mon ami, lui dit-il, je fus imprudent en vous promettant mon concours; j'ai parlé de votre projet à Rochambeau, comme moi il vous dirait : J'offre ma personne; mais c'est tout ce qu'il nous est possible d'offrir.

Robert traversa silencieusement le camp, où il eut, dans toute autre disposition d'esprit, admiré l'ordre et la discipline que la victoire n'avait point fait négliger : il se retira auprès de ses frères, qui prirent part à son désillusionnement. Il attendit une occasion favorable pour voir Washington, et dès qu'elle se présenta, il le pria de recevoir sa démission de commandant des milices du Maine et de lui permettre de retourner dans ses déserts. En vain Washington lui offrit-il, dans l'armée régulière qu'il proposait au congrès d'organiser, le même grade qu'il occupait dans la milice, il refusa, et prit congé du général, bien déterminé à hâter son retour auprès de son vieux père.

— Major, lui dit Washington, renoncez à une détermination qui ne peut que troubler votre repos et celui de votre famille; vous avez honorablement servi les Etats, ils vous doivent une récompense. Venez me revoir demain, et alors, si ce que j'espère pouvoir vous offrir vous paraît acceptable, je serai heureux de donner aux Etats-Unis un citoyen de votre mérite. Au revoir, major Montaubert!

A peine Robert fit-il attention aux dernières paroles de Washington; il n'avait plus rien à désirer, le projet patriotique auquel son père avait sacrifié une position tranquille et aisée, que lui-même avait caressé toute sa vie, pour lequel seul il avait combattu, devenait irréalisable, à l'instant même où il se croyait sur le point de l'entreprendre avec toutes les chances favorables; il en fut atterré; il voyait la douleur de son vieux père, il se l'exagérait; il ne savait pas encore que les années affaiblissent toutes les passions, toutes les facultés de l'homme; il tomba dans une morne prostration et répondait à peine aux questions de ses frères. Eux aussi aimaient la France; n'avaient-ils pas été bercés aux chants français; n'était-ce pas au coin du foyer paternel qu'ils avaient entendu le récit des exploits de l'intrépide Iberville, du vaillant et habile Montcalm, et de tant d'autres descendants des Normands leurs ancêtres? Mais ils avaient la force de la jeunesse, une seule idée ne les absorbait pas, et laissait place à une noble ambition. Sans blâmer leur aîné d'avoir refusé les offres de Washington, ils lui donnèrent à entendre que si le général américain voulait leur conserver leurs grades dans l'armée régulière, ils le prieraient de leur laisser accepter ces offres. Robert était l'aîné, ses frères conservaient pour lui une grande déférence.

— Frères, leur répondit Robert, si ma carrière est finie, la vôtre commence. Demain je dois revoir le général et je tâcherai d'obtenir de lui ce que vous paraissez désirer.

Il retomba dans le silence et passa une nuit sans sommeil; durant cette insomnie son esprit se reporta en arrière, il se rappela les trois Indiens qui n'avaient point reparu, et se reprocha de les avoir oubliés, eux si dévoués et si braves. Ce souvenir apporta quelques distractions, son âme se réveilla : il put secouer cette noire torpeur qui l'engourdissait, et chercha à expliquer cette disparition; une idée douloureuse se présenta à son esprit. Le Sauteur avait scalpé le chef de ses éclaireurs indiens, peut-être les guerriers du chef scalpé avaient-ils suivi ses trois Indiens, et avec la patience des hommes de cette race, avaient-ils attendu une occasion favorable pour tirer vengeance d'un acte qui déshonorerait leur tribu?

Il se promit bien de ne rien négliger pour éclaircir ce fait de non-retour des trois Peaux-Rouges.

Quoique abattu par une nuit d'insomnie, il se trouva le matin plus vivant, plus actif, et causa avec ses frères de ce qui l'avait tant occupé la nuit. Tous deux furent de son avis, et avouèrent qu'ils avaient depuis plusieurs jours la pensée que leurs trois Indiens étaient tombés sous le tomahawk de leurs éclaireurs. Les colporteurs qui parcouraient le pays en tous sens se trouvaient alors en grand nombre dans le camp; les deux frères entraînèrent avec eux leur aîné, et ils allèrent là où ils pourraient rencontrer des colporteurs. Deux de ces marchands ambulants arrivaient de la Caroline du nord, mais ils ne purent leur fournir aucuns renseignements sur le compte des Indiens. Ils allaient s'éloigner lorsqu'un troisième marchand vint à passer; il avait au cou un foulard que le jeune Montaubert reconnut pour celui que portait le Sauteur. Arrêter cet homme et l'interroger, c'est ce qu'il s'empressa de faire; le marchand avoua franchement qu'il avait échangé ce foulard au lieu nommé Peter-House; une femme le lui avait donné en échange d'autres menues marchandises.

— Le pauvre Sauteur a été scalpé, dit tristement le jeune homme à ses frères, il n'était pas homme à perdre le peu qu'il possédait de vêtements; mais pourquoi les Peaux-Rouges n'ont-ils pas emporté ce foulard; ils aiment aussi la parure?

A l'instant un groupe d'officiers passait à quelque distance.

— Robert, dirent les deux jeunes gens, le général est au milieu d'eux.

— Et La Fayette aussi, dit tristement Robert; laissons-les s'éloigner.

Il y avait dans ce groupe d'autres Français remarquables par leurs uniformes. Un d'eux, le comte de Saint-Simon, reconnut le major Robert et vint à lui.

— Monsieur le major, lui dit-il en l'abordant avec cette civilité que connaissait et pratiquait si bien la noblesse française, on a beaucoup parlé de vous au conseil; cela nous intéressait, nous qui sommes Français et qui savons que le sang de notre race n'a pas dégénéré dans vos veines. Ce pauvre La Fayette est désolé : naturellement entraîné par ses élans, il vous avait promis son concours, et vous auriez eu le nôtre, mon cher major, et de grand cœur encore, car votre entreprise vous honore rien qu'à l'avoir conçue; nous sommes aussi Français, honteux de ce qui s'est passé quand on abandonna l'intrépide Montcalm et les braves partisans qui relevèrent quelques années son drapeau. Mais la politique est impérieuse, et Washington a raison.

— Il faut bien que cela soit ainsi, Monsieur, répondit simplement Robert. Peut-être aussi que le général américain aime mieux ce morceau à prendre pour sa république, que de le laisser reprendre par les Français, auxquels l'Amérique, devenue célèbre par la France, ne pourrait jamais faire la guerre.

Le comte de Saint-Laurent le regarda avec étonnement : Robert lui montrait plus de pénétration que son extérieur simple n'en laissait soupçonner.

— Washington, sur le témoignage du marquis de La Fayette, demande pour vous et les vôtres une récompense nationale, car, dit-il, vous quittez le service. Il a été question d'une propriété de dix à douze mille acres d'étendue; je crois me rappeler qu'on a parlé du Massachussets, et d'une très vaste habitation. Je souhaite que le congrès vous la donne comme récompense des services que vous avez rendus dans une certaine bataille, où le marquis fut très heureux de votre concours.

— Monsieur le comte, dit Robert, mes deux frères ont le désir d'être employés dans l'armée en conservant le grade qu'ils ont dans la milice du Maine.

— Et ce sera justice, major, et par-dessus le marché une bonne acquisition pour Washington, qui n'est pas encore riche en bons officiers. Vos frères le sont, je me porterais garant pour eux. Mais pressons un peu le pas, Washington veut causer avec vous, major.

Cela se passait dans la ville d'York-Town, qui offrait le tableau attristant d'une ville qui a soutenu un siége meurtrier. Ils traversèrent des ruines pour entrer dans le lieu où le général américain s'était rendu. Robert et ses deux frères furent aussitôt admis.

— Vous êtes donc décidé à vous retirer dans les forêts, dit le général avec une bonhomie charmante; je dis dans les forêts, car ces territoires d'entre les lacs sont déserts. Je veux conserver aux Etats-Unis un homme de votre mérite; une immense propriété, bien bâtie (j'y ai souvent séjourné durant cette longue guerre), est devenue propriété publique par l'extinction entière des propriétaires; je vais la demander pour vous au congrès. Je connais votre histoire et vos luttes contre les oppresseurs que nous venons enfin de repousser; votre famille s'est rendue célèbre dans les forêts, mais si elle restait sur les bords de l'Ontario, sa tranquillité serait toujours menacée.

Il s'arrêta un instant, les yeux fixés sur le major, qui gardait un calme plein de tristesse; il reprit :

— Je sais ce que vous désirez, ce que vous avez espéré, le marquis de La Fayette me l'a appris. Je dois ajouter que cette vaste propriété devait être offerte à monsieur le marquis de La Fayette, et qu'il veut l'offrir à celui qui lui a sauvé, dit-il, la vie, et contribué à sa gloire : restez à York-Town encore quelques jours, et vous y recevrez les titres qui vous assureront la possession à perpétuité de Peter-House.

Se tournant ensuite vers les deux jeunes gens, il leur dit :

— Vous voulez rester dans l'armée régulière, monsieur le comte de Saint-Simon vient de m'en prévenir. Notre armée régulière est encore à créer; mais j'accepte votre admission et vous conserverez vos titres : seulement je vous ferai observer que la marine vous offrirait une plus large carrière, je vous promets, moi Georges Washington, de vous appuyer et de vous servir en frère. Je vous laisse le choix entre les deux carrières.

Robert était resté presque froid; la perte de ses espérances avait produit sur lui un changement inexplicable chez un homme aussi énergique; mais quand le général se fut montré si bienveillant pour ses frères, il se sentit ému.

— Général, dit-il en s'approchant de Washington, j'ai passé ma vie dans les forêts, je ne sais pas bien exprimer mes pensées, mais en ce moment le cœur et la reconnaissance parlent. Ma famille vous remercie et priera Dieu pour vous.

Washington sourit, et offrant la main à Robert :

— Au revoir, lui dit-il, les affaires de l'Amérique ne

sont pas terminées; au revoir, capitaine, j'attends votre décision.

La ville était remplie de prisonniers anglais; de forts postes français et américains occupaient toutes les issues, et circulaient dans les rues encore embarrassées de ruines. Les trois frères se trouvèrent subitement abordés par un officier anglais qu'ils reconnurent aussitôt pour leur prisonnier du lac Érié.

— Major, lui dit Clifford, je suis enchanté de vous revoir; je n'oublierai ni votre coup de main de l'Érié, ni les bons traitements que j'ai reçus de vous. Il y a compensation. Devez-vous restez encore quelque temps au milieu de ces ruines?

— Je dois les quitter dans quelques jours, mylord.

— Eh bien! dit l'Anglais, je veux vous présenter à ce pauvre Cornwallis, qui a été aussi malheureux que moi. Il refuse d'ajouter une foi entière au récit de ma catastrophe.

— Un Anglais, répondit Robert, ne peut pas voir d'un bon œil l'auteur d'un pareil désastre, et encore moins quand il le raconte.

— C'est vrai, fit Clifford, Cornwallis est d'une humeur massacrante.

Puis tout-à-coup :

— Restez-vous sur l'Ontario, major? je voudrais prendre une revanche.

— Non, mylord, je viendrai avec la famille de mon père finir mes jours dans l'État du Massachussets.

— Faites le voyage par eau, major; passez par Québec ou par Louisbourg, vous me trouverez dans une de ces deux villes, et vous verrez que l'étourdi de Clifford se souvient de vos bons traitements quand il était votre prisonnier. J'espère qu'on va faire un échange de prisonniers sous peu. En attendant, je vous recommanderai au gouverneur de Québec, mon parent et ami.

La plupart des miliciens qui avaient composé la troupe commandée par Robert s'étaient hâtés de rentrer dans leurs foyers; le major se trouvait donc sans occupations: en se promenant hors la ville, avec ses frères, ils découvrirent, sous un bouquet d'arbres, une petite troupe d'Indiens; l'idée leur vint de les questionner. Ils étaient Chippewais, et ce que l'on nomme des Indiens déclassés, des vagabonds qui se trouvent chez les nations sauvages comme chez celles qui sont civilisées; ils paraissaient très misérables.

— Mes frères, dit Robert en se servant de leur idiome, connaissent-ils les territoires de l'Ontario?

— Nous connaissons tous les territoires, depuis ceux que les Peaux-Blanches ont enlevés à nos pères, jusqu'aux prairies du soleil couchant, où nous pouvons encore errer en liberté.

— Je propose à mes frères d'aller porter une lettre à l'habitation située sur le bord nord de l'Ontario, à l'armurier Montaubert.

— Il faut marcher bien des soleils pour y arriver, dit l'un des Indiens, nous n'avons ni fusils, ni poudre, et nos squaws ont faim!

— Je vous donnerai des fusils et de la poudre, et vos squaws porteront les provisions pour la route. Quand l'armurier aura lu ma lettre, il vous traitera en frères et vous récompensera.

Les cinq Indiens tinrent conseil, les femmes n'y prirent point part; ils déclarèrent qu'ils acceptaient, mais qu'ils manquaient de couvertures.

— Restez ici, leur dit Robert, vous recevrez ce soir tout ce qu'il vous faut pour le voyage. Ayez des pieds de cerfs et vous aurez belle récompense.

Le jeune Louis, élève du père Arnoul, était le plus lettré des trois frères, il détailla à sa famille, dans une longue missive, tout ce qui leur était arrivé, sans oublier la disparition du Sauteur et de ses deux compagnons; il terminait en demandent à son père, pour lui et pour son frère, l'autorisation d'entrer au service des Etats-Unis, et le priait de lui donner des nouvelles du père Arnoul et de d'Arville, etc.

Les Indiens, approvisionnés de tout ce qu'ils avaient demandé, partirent le jour suivant pour l'habitation du lac Ontario.

Cliffort fut fidèle à sa promesse, il envoya le lendemain, par un prisonnier de guerre, une grosse missive à l'adresse du gouverneur de Québec : elle n'était pas scellée. Robert put en prendre connaissance et dut en être satisfait, car il la passa à ses frères en leur disant :

— Nous pourrions, avec ce sauf-conduit, aller revoir la ville où nous sommes nés; cet Anglais est jeune et léger, mais il a le cœur bon.

Cette lettre fut mise de côté; bien certainement ils ne prévoyaient pas qu'ils en auraient besoin plus tard. Cependant, comptant toujours sur les promesses de Washington, il faisait ses préparatifs pour se rendre à l'Ontario et pour en ramener sa famille, le père Arnoul et d'Arville. Ils n'étaient plus en état de faire un aussi long voyage à travers les forêts et les marais, ces trois bons vieillards, et sa mère moins qu'eux encore. Beaucoup de nègres s'étaient affranchis eux-mêmes, après la victoire de Washington, et se trouvaient sans emploi dans la ville; il en prit six à son service, avec l'intention de les garder lorsque sa famille serait établie à Peter-House; il comptait qu'avant de quitter les bords de l'Ontario, il se serait fabriqué des traîneaux ou des chariots pour emmener sa famille. Soit de la part de La Fayette ou de Washington, une forte somme, provenant du butin fait à York et à Glocester, lui fut distribuée comme à tous les chefs militaires qui avaient dû faire de grandes dépenses pour soutenir la guerre; il se trouvait donc en position d'attendre les titres promis par Washington, et de faire les achats nécessaires à son voyage. Toutes ses occupations avaient donné un autre cours à ses idées, et ses frères se réjouissaient du changement qui s'était opéré en lui; mais huit jours s'étaient déjà écoulés, sans qu'il reçût les titres promis

Washington s'était rendu à Philadelphie, disait-on. Une autre déception allait-elle encore les frapper? Non, Washington était alors à Boston, au milieu du congrès. Le neuvième jour, il recevait un paquet volumineux; c'étaient ses titres et la conservation de ses deux frères dans l'armée active, en qualité de capitaines. Ces pièces émanaient du congrès, un petit papier se trouvait collé en tête des titres de propriété; il portait ces mots : « Souvenirs... Georges Washington. » Leur départ fut fixé au lendemain.

Leur troupe se composait de six noirs vigoureux et de cinq chevaux pour porter les bagages; chacun des frères en montait un, ce qui formait un chiffre de huit chevaux. Les noirs étaient bien armés et en état de se servir de leurs armes; ils avaient pris part à la guerre soit du côté des Anglais ou de celui des Américains.

Ce fut avec joie qu'ils entreprirent ce voyage; les deux jeunes y étaient autorisés par le général. Les routes, ou plutôt le sol, se trouvait détrempé par les pluies d'automne; à chaque pas, dans les lieux bas ou dans les plaines sans pente, des flaques d'eau se présentaient devant eux. Les forêts commençaient à se joncher de feuilles mortes, de longues banderolles de mousse blanche appendaient tristement aux branches dépouillées de leurs feuilles, et pour comble d'ennui, le ciel, presque toujours grisâtre, s'affaissait sur la terre en longs et pénétrants brouillards. La marche était lente et pénible, et les haltes de nuit excessivement froides; ils regrettèrent plus d'une fois leur pauvre Indien le Sauteur, qui leur eût été si utile pour les conduire en ligne directe et leur épargner ces erreurs de direction occasionnées par les nombreux détours que nécessitaient les flaques d'eau. Enfin, après une marche de douze jours, des volées de canards sauvages, et d'autres oiseaux qui ne s'éloignent guère des lacs, leur présagèrent le voisinage de l'Ontario. Le soir, le soleil perça un instant les nuages et la vaste nappe de l'Ontario réfléchissant ses rayons, teignit d'un pourpre pâle les nuages de l'orient; ils reconnurent les lieux, en se trouvant sur les hauteurs d'où ils avaient jadis fusillé les Anglais. Les habitations n'étaient plus qu'à quelques milles de distance. Quoique fatigués, ils retrouvèrent de nouvelles forces, et avancèrent plus facilement dans le passage ouvert par les Anglais dans une première tentative faite pour détruire les habitations Montaubert, mais il fallait encore éviter les marécages.

La nuit avait étendu son noir et sinistre manteau sur la terre; le brouillard devenait doux et pénétrant; allaient-ils s'égarer, passer une nuit froide et désolante dans le voisinage de l'habitation de leur père?

Ils firent feu de toutes leurs carabines, et peu après, ils découvrirent une grande lumière entourée d'une auréole rougeâtre. L'habitation était à gauche, ils allaient passer devant.

Lorsque la détonation fut entendue des habitations, la famille Montaubert et celle de d'Arville se trouvaient réunies dans la grande salle devant une immense cheminée où brûlaient des troncs d'arbres entiers. Ils attendaient l'arrivée des trois frères, annoncée depuis plusieurs jours par les Indiens chippewais, et cette attente les consolait de la perte si douloureuse du père Arnoul, mort onze jours auparavant. Ce vénérable prêtre s'éteignit à l'âge de soixante-dix-huit ans, dont il avait passé la moitié dans les missions, qui furent si tourmentées lorsque le Canada tomba sous la domination de la Grande-Bretagne. Il avait dirigé plusieurs missions, et ne s'était retiré dans l'intérieur des terres que pour échapper, avec son petit troupeau de fidèles, aux persécutions des Anglais. Sa mort avait été un sujet de désolation pour les habitants blancs et pour la petite société d'Indiens catholiques qui vivait dans le voisinage des habitations.

Au bruit de l'explosion des carabines, le vieux Montaubert tressaillit.

— Allumez des torches! cria-t-il, je reconnais la détonation des carabines de mes fils; ils sont dans le voisinage, perdus dans le brouillard et ne trouvant pas de passage à travers les flaques d'eau des environs. Courez avertir Chinkow de leur approche.

Le vieux guerrier indien avait aussi reconnu le bruit des carabines des fusils Montaubert, et, plus actif que le normand Montaubert, il avait allumé lui-même le feu qui venait de prévenir les arrivants de leur erreur de route.

La bonne vieille Madeleine Montaubert, encore alerte, courut au-devant de ses fils : dans un instant il y eut une véritable illumination dans la cour, où l'on accourait de tous les appartements avec des lumières. Il se passa une scène touchante : on n'entendait que des paroles sans suite, des interrogations sans réponses, ou coupées par d'autres interrogations. Les voilà dans la salle commune, des Indiens jettent du bois dans la cheminée, la mère Montaubert, aidée des filles de d'Arville, dresse le couvert, charge la table de mets. La bonne vieille embrasse ses fils en faisant sa besogne; le père les considère avec cette ineffable satisfaction d'un père qui admire ses enfants; d'Arville, toujours plus peau rouge que peau blanche, dans ses habitudes calmes et dignes, attend que l'effusion de famille soit un peu calmée pour souhaiter la bienvenue à ses amis. Chinkow fume stoïquement sous le haut manteau de la cheminée, et semble indifférent à ce qui se passe autour de lui.

C'était l'heure du souper; la famille Montaubert tenait religieusement aux habitudes de ses pères, et ces habitudes se retrouvent encore dans le Bas-Canada, quoique la domination anglaise pèse sur cette contrée depuis près d'un siècle.

Le cœur, l'esprit se trouvaient trop occupés pour qu'on eût songé aux six noirs : ils avaient conduit les chevaux dans une écurie, les avaient déchargés et pansés. Mais ces pauvres enfants de l'Afrique avaient un estomac comme les habitants qui satisfaisaient les besoins du leur dans la grande salle, auprès d'un bon feu; il était peut-être plus exigeant, cet estomac, que celui des blancs. Le nègre a toujours faim. Les serviteurs de la maison, tous de race indienne, n'avaient jamais vu de face noire, au nez écrasé, aux grosses lèvres, aux yeux grands et ronds couronnés d'une chevelure laineuse. Ils avaient laissé des lumières et se tenaient à distance, observant ces êtres étrangers, qu'ils ne croyaient peut-être pas être des hommes.

Il résultait de cette observation silencieuse que pas une voix ne disait aux pauvres noirs affamés et transis de froid : Venez vous réchauffer et manger. La faim fait sortir le loup farouche du bois, la faim enhardit les noirs; ils ouvrirent leurs larges narines, et se dirigèrent en peloton serré vers le lieu d'où s'échappaient les attrayantes émanations des quartiers de bisons rôtis et osèrent passer la tête entre les deux battants de la porte.

Les trois jeunes filles, placées à table entre d'Arville leur père, et Madeleine, aperçurent les premières ces faces noirs et ces yeux brillants d'appétit et de convoitise; elles poussèrent un petit cri et indiquèrent l'objet de leur terreur.

— Ah! mon Dieu! dit Louis Montaubert, nous avons oublié, égoïstes que nous sommes, nos pauvres camarades de route.

Il se leva, fit entrer les nègres, émerveillés plutôt de la bonne chère qu'ils voyaient étalée avec profusion sur la table, que de la réunion des convives.

On leur dressa à la hâte une table, et le jeune Louis fut obligé de commander plusieurs fois aux Indiens de leur apporter des mets, tant la différence de la peau inspire aux hommes de l'éloignement les uns pour les autres!

On resta longtemps à table, les questions se multipliaient; on parla de la guerre de l'indépendance, de Washington, de La Fayette, et, chose remarquable, les trois fils Montaubert parlèrent très peu d'eux. S'ils en parlèrent, ce fut au sujet du Sauteur et de ses deux compagnons. Robert raconta l'exploit du Sauteur sur le lac Érié, les services qu'il leur avait rendus, et enfin l'incertitude dans laquelle ils se trouvaient sur son sort.

— Sa chevelure est dans le wigwam des Chippowais, dit la voix profonde et gutturale de Chinkow. Il avait scalpé le chef de leurs guerriers.

Il y eut un instant de silence plein de tristesse et de gravité. Robert le comprit, et fit part à sa famille du don fait par le congrès et du désir de s'éloigner d'un domicile où ils ne trouveraient jamais la tranquillité Contre son attente, ni son père, ni d'Arville ne firent d'objection à cette nouvelle émigration; Chinkow même la conseilla.

— Mon frère, dit-il au père Montaubert, a la tête blanche, il lui faut le repos des villes, et à la sainte aussi. (Il nommait ainsi Maleleine, qui remplissait, à la prière du soir et du matin, les fonctions du bon père Arnoul, depuis la mort de cet homme vénérable.)

-- Mon frère Chinkow se trompe, en croyant que nous allons dans une ville, dit Robert; le territoire est encore désert, sauf quelques Indiens qui le parcourent. Mon frère Chinkow viendra-t-il avec ses amis?

— J'irai voir, répondit le vieux chef.

Alors Robert exposa toutes les difficultés du voyage à travers les forêts, surtout quand il fallait emporter ce qu'ils possédaient, et proposa de le faire par eau.

— Mon père, dit-il, vous pourrez revoir Québec, j'ai un sauf-conduit.

Le vieux Montaubert resta un instant pensif; puis, relevant la tête, il prononça ces mots :

— Si je revoyais encore le drapeau anglais flotter là où j'ai vu si longtemps le drapeau blanc, le drapeau de la France, que Montcalm porta si glorieusement, mes enfants, je mourrais de douleur, puisque l'espérance de toute ma vie n'est plus. Non, non, je préfère les forêts, leurs dangers, leurs obstacles, à cette douleur!

Il s'arrêta et reprit un instant après :

— Si j'allais chercher la maison où je suis né, où vous êtes tous venus au monde, mes enfants, je la trouverais en rasée ou devenue la propriété d'un Anglais. Madeleine, prends ton livre et récite-nous la prière du soir, c'est à Dieu seul que nous devons demander des consolations.

La prière fut lue à haute voix, et écoutée dans un religieux recueillement, et bientôt le silence et le sommeil régnèrent dans l'habitation des bords de l'Ontario.

Dès le matin on s'occupa des préparatifs de l'émigration; projeter et agir sont deux choses qui se suivent immédiatement chez les habitants des forêts, que l'on a si justement nommés pionniers; ceci explique l'accroissement rapide de la domination américaine : elle va toujours en avant, résolûment, sans jamais jeter les yeux en arrière.

Montaubert et d'Arville possédaient une quantité considérable de peaux. Les deux grandes barques en furent chargées, et d'Arville, avec le nombre suffisant d'Indiens pour les manœuvrer, partit pour les comptoirs anglais les plus proches, pour les convertir en argent. Il eût été presque impossible de les transporter à travers les forêts, et peut-être d'en trouver la vente aux États-Unis. Il devait être de retour avant que tous les préparatifs pour l'émigration fussent achevés.

Ce fut durant ces jours de pénible labeur qu'ils purent apprécier les services que rendent les noirs, quand ils sont contents de leur sort : un seul faisait plus de travail que quatre Indiens; la constitution de ces derniers les rend infatigables à la marche, mais peu propres aux durs travaux de la campagne et des métiers qui exigent une grande force musculaire résistante. L'ingénieux Montaubert construisit des selles douces et sûres pour sa femme, les trois jeunes filles de d'Arville et pour lui-même. Tout fut dispsoé avec tant d'art et de calcul, qu'ils purent emporter, même à travers les forêts, tout ce qu'ils possédaient d'utile ou de quelque prix. La veille du jour fixé pour le départ, les émigrants se rendirent autour de la tombe du père Arnoul; ils allaient lui faire leurs adieux, le prier de veiller sur eux, qu'il avait aimés sur la terre, qu'il avait soutenus et consolés durant les jours de souffrance et de danger. On planta une croix en fer, travail du père Montaubert, pour remplacer l'humble croix de bois d'abord élevée sur la tombe de l'homme de Dieu; et comme si déjà sa protection s'étendait sur ses amis, on signala à l'horizon sur les eaux de l'Ontario deux barques surmontées d'un drapeau blanc; c'était le signal qui devait annoncer le retour heureux de d'Arville.

Vers la fin du jour, il abordait, après une course aussi heureuse que profitable. Dès le soir même on régla l'ordre de la marche, et on prit en commun le dernier repas qu'ils devaient prendre dans cette habitation où ils avaient passé tant d'années, presque toujours troublées par les craintes ou de véritables dangers.

Leur marche ne fut entravée par aucun accident remarquable, et malgré la rigueur du froid, ils n'eurent pas beaucoup à souffrir. Le sol était gelé, couvert d'une neige encore peu épaisse; les chevaux pouvaient avancer sans beaucoup de difficulté. Les haltes de nuit, passées sous des tentes entourées de grands feux, étaient très supportables; quand ils arrivèrent sur le territoire où s'élevait la ville d'Albany, ils quittèrent les lieux déserts, trouvèrent des routes tracées et purent faire des haltes dans des lieux habités. Robert et deux noirs prirent les devants. Il fallait reconnaître la route, car Peter-House devait se trouver sur le Merrimak, à onze ou douze lieues au nord-ouest de Bsoton. Ils firent heureusement la rencontre d'un colporteur qui avait souvent passé et séjourné à Peter-House, du temps qu'il était habité. Peter-House, leur dit-il, était la propriété d'une famille anglaise qui, dès le commencement de la guerre de l'indépendance, se prononça, les armes à la main, contre les rebelles; cette famille, très nombreuse et possédant grand nombre d'esclaves, sortait de ses territoires déserts et harcelait les Américains, tantôt sur les limites du Maine ou de la Pensylvanie, tantôt pénétrant jusqu'aux environs de Boston; ils purent se distinguer même à la bataille de Burkers-Hill, la première bataille en règle que livrèrent les Américains, le 17 juin 1775. Les Américains ayant résolu de se débarrasser de ces partisans, aussi incommodes que dangereux, envoyèrent contre eux plusieurs petits corps et ne purent les exterminer qu'en 1781. Deux membres de cette famille échappèrent à l'extermination en se réfugiant chez des sauvages tatoués qui errent encore dans ces territoires; mais comme ils avaient maltraité un de leurs chefs, ils furent impitoyablement massacrés. Depuis ce temps les habitations désertes servent de temps en temps de refuge à des bandes d'Indiens; je ne vous conseille pas d'aller à Peter-House avec si peu de gens armés; il serait possible qu'on vous y fît un mauvais parti.

Le conseil était sage, Robert retint le colporteur pour lui servir de guide, et attendit l'arrivée du reste de l'émigration. Elle se composait d'assez de gens en état de combattre pour chasser des sauvages peu nombreux il est vrai, mais farouches et astucieux comme tous les Indiens. Chinkow les avait accompagnés avec douze Peaux-Rouges, les autres étaient restés sur l'Ontario et avaient pris possession des habitations des émigrants.

Dès qu'ils furent réunis, le colporteur prit la direction de la marche et les conduisit à travers des plaines sablonneuses, couvertes en grande partie de bouleaux blancs, de châtaigniers, de sapins et d'érables à sucre.

De hautes montagnes s'élevaient vers l'ouest, c'étaient des ramifications de la chaîne que les Anglais avaient nommée Green-Mountain; en avançant dans le pays, le sol devint meilleur, plus couvert d'arbres, enfin ils atteignirent les bords du Merrimak; en les remontant, ils arrivèrent sur un point élevé d'où la vue pouvait s'étendre au loin. Un bruit sourd et profond sortait du lointain dans la direction du cours du Merrimak.

— C'est le bruit de la cascade, leur dit le guide; Peter-House n'est pas loin.

Effectivement ils découvrirent bientôt un amas de bâtiments, qui s'étendaient jusqu'aux bords de l'eau, mais assez éloignés les uns des autres.

— Voilà Peter-House, dit le guide, Dieu veuille que vous n'ayez pas à en déloger les tatoués!

Chinkow se mit à l'avant-garde avec ses guerriers; les bagages et le reste de la troupe venaient à la suite, et à distance.

Les bâtiments, presqu'en ruines, se trouvèrent solitaires, et les émigrants purent y camper, car pas un seul appartement n'était habitable; avec leur activité ordinaire, ils se mirent à déblayer les ruines qui obstruaient le corps principal des bâtiments, et parvinrent à le rendre logeable. Les murs, contrairement à l'habitude des premiers colons, qui les construisaient en troncs d'arbres, se trouvèrent de bonnes pierres et d'une grande résistance, la toiture en écorce de bouleau n'existait plus, elle fut bientôt rétablie, et peu de jours après Peter-House avait changé d'aspect; des battues faites aux environs ne firent découvrir aucun Indien; les traces de leur séjour à Peter-House prouvaient que les sauvages tatoués avaient dû s'en éloigner depuis longtemps. Malgré ces indices, ils n'en prirent pas moins leurs mesures pour se mettre à l'abri d'une surprise, ils se fortifièrent solidement : la vie des forêts les avait habitués à la prévoyance et à la défiance.

Le colporteur, nommé John Smith, était un homme déjà âgé et plein de bon sens, il conseilla d'attirer des colons de Boston, où la guerre avait laissé beaucoup de gens sans occupation, et qui accepteraient volontiers de petits établissements sur une aussi immense propriété peu distante de Boston. Il s'offrit pour cette mission et témoigna le désir d'être admis au nombre de ces colons. Montaubert et d'Arville acceptèrent cette proposition avec empressement, et Smith reprit sa balle et partit pour Boston avec Robert, qui allait y chercher un arpenteur pour faire fixer les limites de la propriété de Peter-House.

Robert passa quelques jours à Boston, où il eut une entrevue avec Washington. Ce général intelligent, et prévoyant les rapides accroissements des Etats-Unis, applaudit aux projets de la famille Montaubert: sa protection avouée publiquement, décida plusieurs familles victimes de la guerre à aller s'établir à Peter-House; d'un autre côté, le fils Montaubert engagea encore à son service une dizaine de noirs habitués aux travaux de la campagne, et revint à la tête d'une petite colonie. En peu de temps les bâtiments épars furent réparés, on en éleva d'autres avec plus d'intelligence autour de celui du propriétaire, et des instruments d'agriculture, amenés de Boston, commencèrent à sillonner la plaine qui s'étendait sur la rive droite du Merrimak. Parmi les familles qui venaient s'établir à Peter-House, se trouvaient des ouvriers de divers états ; ils se mirent au travail, et aidés des conseils du vieux Montaubert, ils purent fournir à la colonie naissante tout ce dont elle avait besoin pour ses entreprises. Alors s'opéra, et cela dans le cours d'une seule année, le miracle qui ne se voit qu'en Amérique. L'habitation de Peter-House, presque détruite, presqu'oubliée dans un territoire désert, devint une forte bourgade, commença à expédier ses produits à Boston, et peu d'années après changeait son nom de Peter-House en celui de Lowel; mais ce ne fut qu'au commencement du dix-neuvième siècle qu'elle prit réellement le nom de ville et acquit des accroissements tels qu'elle est aujourd'hui la cité la plus industrieuse de l'état du Massachussets.

Mais revenons à la famille Montaubert, qui ne fut bientôt plus désignée que par le double nom de Montaubert-d'Arville, par suite de la triple alliance qui existait entre elles, et prenons-la à l'époque de l'installation à Peter-House. Le vieux Montaubert, qu'une existence si longtemps errante et agitée avait presque déshabitué des mœurs de la civilisation, se retrouva dans les milieux ou s'étaient passées les premières années de sa vie, et sembla la recommencer tant il mit d'ardeur à jeter les fondements de ce qu'il appelait sa petite colonie; Madeleine aussi était heureuse, elle pouvait dans une bonne barque se rendre à Boston, où elle trouvait les secours de la religion catholique, où elle revoyait ce qu'elle avait vu à Québec, dans sa jeunesse, une population laborieuse, active et civilisée. Les deux cadets Montaubert entrèrent au service des États-Unis, l'un dans la milice régulière et l'autre dans la marine.

Quant à l'aîné Robert, il resta dans sa famille, adopta tous les goûts de son vieux père et devint en réalité le chef de la famille. D'Arville eut peine à se plier aux nouvelles mœurs, le sang rouge semblait dominer en lui; mais enfin le bien-être dont il fut entouré lui fit comprendre que si la vie des forêts a des charmes pour les esprits aventureux, l'âge amène avec lui le besoin du repos et l'éloignement pour une existence presque toujours en péril. Il n'en fut pas ainsi de Chinkow; se trouvant déplacé et par conséquent mal à l'aise au milieu de cette petite population ouvrière, marchande, il ne put se plier à ces nouvelles mœurs, et retourna avec ses guerriers achever sa carrière sur les bords de l'Ontario, au milieu de la petite tribu à laquelle Montaubert avait cédé son habitation. Cette séparation attrista les deux vieillards Montaubert et d'Arville; ce dernier s'en consola en disant : « Si je n'avais eu dans les veines que du sang de Peau-» Rouge, et point de filles à soustraire au sort malheureux » des Indiennes, je serais retourné avec Chinkow sur les » bords de l'Ontario, les envahisseurs ne s'y sont point » encore établis, et je serais mort dans ma liberté. »

Vers la fin de 1789, une population déjà nombreuse accompagnait deux cercueils, avec les marques d'une profonde douleur, vers un petit tertre au haut duquel s'élevait une petite chapelle catholique; quatre hommes marchaient derrière les porteurs, laissant éclater de temps en temps des sanglots étouffés. Derrière eux, un groupe de femmes au teint plus que basané donnait les signes de la même douleur, mais en laissant un plus libre cours à leurs lamentations. C'étaient les membres de la famille Montaubert-d'Arville. Les deux cercueils renfermaient les corps de Montaubert, l'armurier de Québec, et de Madeleine son épouse. Par une coïncidence remarquable, ils étaient morts le même jour et à la même heure, en disant adieu à leur famille en larmes.

Les deux corps furent descendus dans la même fosse, selon le désir qu'ils en avaient témoigné quelques heures avant de rendre leur âme à Dieu. Ils avaient été unis durant leur vie corporelle, ils voulurent que leurs corps retournassent ensemble à la poussière, puisque leurs âmes retournaient ensemble vers Dieu.

On mit sur leur tombe cette simple inscription :

« A Montaubert, né de race française à Québec, et à son » épouse, aussi de race française, fondateurs de cette » colonie, leurs enfants et ceux dont ils furent les bienfai» teurs ont élevé cette tombe en 1789, le 7 novembre. »

Cette perte irréparable jeta Robert dans un accablement de cœur qui dura longtemps ; mais le temps, ce suprême consolateur de tous les maux, cicatrisa cette blessure ; peu à peu Robert se mêla au mouvement, à l'activité industrielle qui se manifestaient autour de lui ; il sentit qu'il devait continuer l'œuvre commencée par son père : c'était un héritage qu'il lui avait laissé. Il se mit donc résolûment à l'œuvre, employa son crédit et sa fortune à favoriser les travailleurs de tous métiers qui accouraient dans sa colonie naissante, et par son intelligent concours lui donna une impulsion si rapide qu'elle étonna, dans un pays où rien n'étonne.

Aux bâtiments sans ordre, sans régularité, succédèrent des maisons propres, bien alignées ; une ville sortait de terre, et l'activité de l'homme changeait en lieux cultivés des déserts où naguère encore erraient misérablement quelques sauvages tatoués. Deux des fils Montaubert retournèrent aux postes que les Etats leur avaient assignés, le plus jeune resta avec son frère aîné et le seconda dans tous les projets. Quant au vieux Normand d'Arville, entièrement rentré dans la civilisation, il passait doucement le reste de sa vie en s'occupant beaucoup de ses petits-enfants, qu'il amusait en leur racontant les histoires des forêts. Seulement, de temps en temps, le souvenir de

Chinkow lui revenait, un nuage passait sur son front; il l'en chassait en disant : « Dieu n'a pas fait les peaux rouges pour la civilisation, Chinkow mourra comme moururent ses pères, » et le nuage était dissipé.

Plusieurs années après, Robert fut nommé membre du congrès, mais il refusa cet honneur et resta au milieu de ceux qu'il regardait tous comme les membres d'une grande famille, dont il était le père. Il mourut dans un âge fort avancé et eût mérité un monument, si l'activité des Américains leur permettait de jeter les yeux en arrière, et pas toujours en avant. En 1864, il restait un descendant de la famille Montaubert-d'Arville; la guerre fratricide qui désole les anciens Etats-Unis l'a moissonné comme tant d'autres; nous lui avons entendu dire : « La domination anglaise pèse encore sur nous, puisque c'est l'Angleterre qui nous légua l'esclavage. »

FIN.

TABLE.

CHAPITRE PREMIER.

INTRODUCTION HISTORIQUE. 5

La Fayette et le chef des miliciens du Maine. — Plan de ce dernier. — Il est appelé devant les membres du congrès. — Sa proposition. — Mission. — Les écorcheurs. — La ferme anglaise. — Bataille de Freehold. — Les deux frères blessés. 6

CHAPITRE II.

Le capitaine Robert après la bataille de Freehold. — Washington et Robert. — Un guerrier indien. — Départ de Robert pour l'Ontario. — Conduite sauvage des Anglais. — Brouillard; massacre. — Surprise d'un fort. — Les bisons. — Stratagème de Chinkow. — Marche. — Séparation momentanée des Indiens. — La petite troupe se dirigeant sur une étoile. — Inquiétudes du capitaine. 20

CHAPITRE III.

Retour des deux guerriers indiens. — Heureuse méprise de deux partis ennemis trompés par Chinkow. — Le capitaine transporté sur un brancard. — Arrivée au lac Ontario. — Merveilleuse sagacité de Chinkow. — Stratagème. — Les canots découverts. — Prise de l'Irlandais Mac-Intish. — Ce qu'il était. — Les Iroquois sont surpris au lieu de surprendre. — Arrivée aux habitations. 36

CHAPITRE IV.

Habitation Montaubert. — La tempête. — Un canot jeté à la rive. — Des naufragés. — Chinkow sauve le père Arnoul. — Récit de ce dernier. — Lettre du camp americain. — Promesses mensongères faites aux Indiens par les Anglais. — Demande de secours à Washington. — Préparatifs de défense. 51

CHAPITRE V.

Les bisons. — Les forêts pleines de Peaux-Rouges. — Singulière idée du père Arnoul. — Une illumination. — Ses résultats. — Retour du Buffle. — La vallée du marais. — Fuite des alliés des Anglais. — Mac-Intish tué. — Arrivée de l'avant-garde des miliciens du Maine. 64

CHAPITRE VI.

Aspect du camp anglais. — Réunion avec le major Dalmer. — Retour au camp. — Déjeuner avec les officiers français. — Entretien avec Washington. — Mission. — Les nègres et les sauvages. — L'ours gris. — Meurtre de Joliba. — Fuite des Indiens. — Absence du Sauteur. — Retour. — Trophée sanglant. 80

CHAPITRE VII.

Prise d'York-Town et de Glocester. — Enthousiasme des colonies. — Ordre de Washington au major Robert. — Retour aux habitations de l'Ontario. — Préparatifs pour une nouvelle émigration dans le Massachussets. — Peter-House. — Don national. — Etablissements. — Développements rapides. — Il devient la ville industrieuse de Lowel. — Retraite de Chinkow. — Mort des époux Montaubert. 93

FIN DE LA TABLE.

Limoges. Imp. E. Ardant et Cie.

www.ingramcontent.com/pod-product-compliance
Ingram Content Group UK Ltd.
Pitfield, Milton Keynes, MK11 3LW, UK
UKHW020114240726
13926UKWH00011B/1457

9 782019 174903